紅眼怪盜團之
王子病

方群
FANG CYUN
馬克
MARK
郝仁
HAO REN
CHARACTERS

RED EYE
方馨萍
SIN PIAN
王子
PRINCE
方勤克
FANG CHIN KE

INDEX

目錄

NO. 1 靈報的鑽石大賞

「老頭！你確定來這邊OK嗎？」郝仁狐疑的歪嘴質問，握在掌中的手電筒刻意往方群的方向照去，「要不要把邀請函拿出來再確認一下？」

寒流來襲、氣溫不到五度的夜晚，身在寬敞無建築物遮蔽之處，連一向不怕冷的郝仁都忍不住把身上羽絨衣的拉鍊拉至頂端。

「邀請函上頭明明清楚寫著，入口處在欣欣遊樂園的某個地方，只要我們到達這裡就會有下一步指示才對……」方群不得不再掏出邀請函，手電筒的昏黃光線落在他臉部周圍，口中因冷空氣凝結而不斷呼出道道縹緲的白煙。

「讓我看看。」方馨萍向前靠近。她雙手插進大衣口袋內取暖，頭上戴著純白毛帽，頸部披著毛呢圍巾一路往上纏，只露出一雙好奇且黑白分明的眼眸，「爺爺，邀請函上的地圖出現亮點了！」

方群發現後隨即眼睛發亮，笑道：「哈哈！沒錯沒錯。喏，根據地圖發光的點顯示，我們已經離目的地不遠了，嗯……應該是那邊。」

「那裡嗎？」馬克瞇起眸子，抽出皮衣口袋的雙手搓了搓呼氣取暖，並往方群手指的方向望去。

雖然夜晚未開放的遊樂園沒有照明，高掛的月色卻為大地掙得一絲光線。

馬克說：「看樣子應該是某項遊樂器材，我們過去瞧瞧吧！」

前天晚餐時間，王子貓進屋子時嘴裡叼來了一張燙金卡片。在大夥兒好奇的目光下，方群說出了神秘卡片的來源及內容——

《靈報》首屆鑽石大賞，誠摯邀請紅眼怪客團蒞臨。

「對了！我印象中好像沒聽爺爺提過曾經和《靈報》那邊的人有接觸聯絡。只知道爺爺和黃師父因為某種因緣際會，取得了訂閱神秘《靈報》的機會。」方馨萍邊走邊說著。

「黃師父？」郝仁歪著頭思考，「怎麼沒聽過這號人物？」

方馨萍笑著解釋道：「這號人物說來話長，他應該算是爺爺少數的知己好友，或許你們以後有機會能見到他。」

「老頭的知己好友肯定也不會正常到哪裡去，哈哈！」郝仁竊笑著並用溫熱的掌心搓了搓臉頰，「現在到底是怎麼回事啦？放眼望去一片黑摸摸的，根本看不出來有什麼盛大的頒獎典禮要舉辦。」

「等等，你們瞧！」馬克張大雙眼驚奇的低吼著，「那些座墊發出陣陣藍光！」

「一、二、三、四……這遊樂器材繞成一圈有八個空位，每個空位間隔發亮，剛好是四個位子，應該是要我們坐上發亮椅子的意思吧！」方群順理成章的推想著，並示意大夥兒跟著坐下。

「不愧是神秘又罕見的單位，邀請我們出席頒獎典禮，就不能簡單選在禮堂或飯店大廳之類的嗎？」郝仁拍了拍座墊後一屁股坐下，「偏偏挑個什麼大半夜時間，又選在沒營業、沒半點人煙的的遊樂場，《靈報》他們是有病啊！」

「遊樂器材開始往上升了！」馬克才就定位便發現異狀，立刻出聲提醒同伴們，「大家要抓好，小心不要掉下去。」

「喂！什麼鬼！」郝仁緊繃著身體往後貼牢椅背。沒趁當下跳離往上高升的座位，再發現時已經和地面將近有五、六公尺的落差，「這種遊戲器材不是通常會降下防護條、防護罩什麼的？就這樣把我們升上空，是準備把我們摔成肉醬喔？」

「呼~天氣真冷。」方馨萍柔聲呼了一口氣，並伸手將毛帽再拉低些。

「幫幫忙，現在哪有時間管天氣冷不冷的問題！」看著鄰座一臉淡定的同伴，郝仁心中的不安並未消除，反而更顯激動，「妳知道這遊戲怎麼玩嗎？幾年前我們學校辦活動來過這裡，這玩意會升到最頂端，在上面停個幾秒鐘後，接著毫無預警的往下墜落，也就是在妳還來不及開口尖叫前，人已經咻的回到地面。」

「嗯哼！」方馨萍揉了揉鼻尖，歪著頭看了郝仁一眼，「那又如何？」

「那又如何？妳竟然說那又如何！」郝仁高分貝的重複一聲後，顧不得形象仰頭大聲呼喊：「喂！老頭～你快想想辦法啊！現在什麼情況啦？」

「你、說、什、麼～」方群坐在背對著郝仁之處大吼回應著。

「最好聽不到啦！你這臭老頭！」郝仁咬牙切齒的嘶吼著。

「阿仁，所以你除了會暈車、暈船外，或許也有懼高症？上回到幸福島坐直升機那次我就想問你了。」馬克撫了撫下巴分析道。

「靠！這裡到底有沒有正常人啦？」郝仁緊抓著兩邊座位的扶手，指節使力到都發白了，「只有我一人擔心摔成肉醬，你們都不怕死喔？」

就在郝仁不停的恐懼嘶吼聲中，遊樂器材的座位已經上升到達最頂端，然後靜止。

「《靈報》首度舉辦盛會，我們又是榮登鑽石大賞的佳賓，他們大費周章要我們到這裡，難道只為了把我們幾個摔成肉醬？」方馨萍搓了搓戴上手套的掌心，「阿仁，你口袋裡不是還有手套？不戴的話借我用，好冷喔！」

「要拿自個兒拿，我的雙手是不能離開扶手的，要是突然……」

忽地，靜止不動的遊樂器材毫無預警的往下墜去。

「啊啊——救、救命啊！」

在郝仁放聲大喊之際，腦海頓時失去思考能力，只呈現一片空白，唯一的念頭就是準備下地獄……

接著，奇妙的事情發生了！

猛然往下墜落的四人並未回到地面，原本昏暗的環境驀然變得明朗，耳邊隨即傳來一陣熱烈的鼓掌及歡呼聲。

「醒醒，我們沒死。」方群朝著臺下不自然的咧嘴笑著，並動手搖了搖隔壁坐在單人沙發上差點沒翻白眼的郝仁，「快張開你的眼睛，別丟臉！」

「呃？」聞言，郝仁張開緊閉的眸子，一時間無法適應刺眼的光線。

「這就和我們回美屍坊瞬間移動的原理相同，為了保密這個地點及活動，我想所有參與的人前來的方式大多如此吧！」來到室內溫暖處，方馨萍開始一件件脫下禦寒的用品，並來回觀察了下目前身處的情況——

原本遊樂器材的座位換成了柔軟的單人沙發，繞著圓柱體背靠背的位置成了四人並排，從巨型螢幕的方向數過來，位置分別是方群、郝仁、方馨萍及馬克。

方馨萍抬頭朝左右看了看，發覺同伴們除了左手邊的郝仁垂下眼外，其他二人正面朝著同一方向假笑著。

持續不停的鼓掌聲及呼喊聲，令布置豪華的會場充斥著十足的熱力。

「等等！臺下的人是不是在喊我們的團名啊？」方馨萍忍不住詢問。

「沒錯。」馬克友善的朝臺下的觀眾們揮了揮手，視線一掃，「原本以為應該只是簡單的小型頒獎場合，沒想到竟是盛況空前的場面。早知如此，應該更慎重的選擇登臺的裝扮才是。」

「那不是重點！」方群白了馬克一眼，用他們四人都能聽到的音量興奮的說：「想不到《靈報》首屆舉辦的鑽石大賞，我們紅眼怪客團就能榮登此殊榮，套句阿仁常說的——爽啦！」

目光瞥了下他們附近的巨型螢幕，方群眼睛忍不住笑瞇了，「你們瞧！現在播放的是我們家萍萍的得意之作。」

畫面上截成左右兩半，左邊是殘破不堪且怵目驚心的屍體殘骸，接著右半邊浮現的畫面是完整且看不出任何破綻的大體。為此精細且難度極高的手術技術，臺下的觀眾紛紛起立鼓掌。

「天啊！好糗。」方馨萍羞赧的撫了撫微紅的臉頰，「爺爺，這些照片應該是你提供的吧。」

「那當然。」方群驕傲的朝她比出大拇指，「參與此盛會必定高手雲集，但大夥兒還能起立為妳鼓掌，就代表他們都肯定妳的實力……哈哈！」

這般場合卻聽不到一向比誰都興奮且激動的呼喊聲，大夥兒忽然間感到納悶，有默契的將目光轉向郝仁。

「阿仁，你還是因為懼高症感到不舒服嗎？」馬克率先關心的詢問。

「放心，我沒事。」郝仁始終垂著目光，莞爾的搖了搖頭。

「喔，那就好。」得到的回答並非馬克所預期，讓他忍不住蹙了下眉頭，並在心裡想著：怪了！以我認識的阿仁應該會激動的說「靠！你才懼高症咧！」，不然至少應該為了臺下高喊他們團名而沾沾自喜才是。

「這小子肯定是緊張，我們每次辦完案子居民搶著拍照簽名時，他不都搶先出面嗎？不過這次的場面太過浩大，他肯定是嚇到腿軟，對吧？」方群戲謔的問。

「嗯。」郝仁稍稍抬眼看向方群戲謔的目光，淡淡的回以微笑。

「哼！現在在這邊裝淡定，等一下要你出來表演時，肯定驕傲的像隻孔雀開屏。哈哈……」方群笑得一臉得意洋洋。

「我……需要表演嗎？」郝仁開口問，表情略顯驚訝外，似乎又有些困擾。

「那當然！不然《靈報》集合各個好手出席頒獎典禮，不讓大夥兒觀賞一些特殊的表演，怎麼能盡興是吧？」方群攤了攤手，「我在想，主辦單位應該會就馬克分辨味道的特殊能力安排考驗，至於阿仁你的話，應該就是表演安魂法力了。」

「所以，我也要表演？」馬克再一次為了沒好好裝扮自己嘆了口氣。

聞言，郝仁的表情更顯懊惱了，「安魂法力嗎……可是這並非我的專長啊……」

「安啦！上次使不出法力的事已經過去了，你拿手的安魂曲只要想法子使力，唱個一首包准全場感動到痛哭流涕。」方群整個人沉浸在如何向同業炫耀他們團隊的實力，壓根沒注意到郝仁的異狀。

「可是我……」郝仁手撐住臉頰顯得無奈，目光往右正好對上一雙充滿疑惑的眼眸，他下意識的朝她眨了下眼睛。

「啊！」方馨萍驚訝的雙手摀住嘴，「是你……」

◆※◆※◆※◆

「又做夢了？」郝仁雙腳雖然著實踏在土地上，身體卻有種浮在水中的漂浮感，「怪了！我們不是被那該死的《靈報》的誰誰誰升到高空，準備被丟下去做成肉醬嗎？怎麼會在這裡？」

當郝仁正陷入納悶之際，忽地前方傳來一陣驚天動地的聲響，接著映入眼簾的是一頭巨型生物朝他的方向衝來，嚇得他連忙抱頭蹲下身軀。

「喂──要死啦！」他狂吼了聲，以為自己會慘死在巨獸腳下，耳邊卻傳來一道嬉鬧聲響。

「哈哈，丁三，你別鬧了！」一名白淨儒雅的男子被撲倒在草地上，寬大潔白的絲綢緞面袖口讓巨獸的舌頭舔溼了，「哈哈……」

「咦？」郝仁睜開眸子俯瞰在他腳邊打滾的男人，再抬頭看向似乎沒有絲毫暴力傾向的巨獸，驚訝道：「書生……丁三……什麼！這隻從鳥巢撿來的小怪物才多久不見，就長成了可怕的大怪物？」

郝仁伸手欲觸摸書生的手臂，卻就此直直穿越過去，一如他心裡所預期的猜測，似真實卻又如幻影。

「丁三，抱歉讓你獨自待在這裡。唉……」書生深深嘆了口氣。

巨獸似乎感受到他的心情不佳，於是更加賣力的舔他的臉頰。

「哈～好癢！」

「是啊！這裡放眼望去沒半點人煙，看起來好像是兩座山相連其中的空地。」郝仁目光來回打量周圍的環境，「前面那棵大樹旁有個巨大山洞，我想剛好成了你家怪獸遮風避雨的地方……可是獨自在這邊怪寂寞的。」

「哈哈……饒了我……哈哈……」書生和巨獸嬉鬧累了，就和牠隨興的往後仰躺在草地，他還順勢將頭部枕在巨獸柔軟且彈性極佳的腹部上，「只能偶爾偷偷來這裡看你，你一定覺得寂寞，對吧？」

「嗚～～」巨獸只是發出低沉的嗚咽聲。

「嘖！」郝仁站起身，用狐疑的目光打量前方這位正仰躺著、面露滿足笑容的書生，頻頻搖頭嘆道：「你怎麼老是收留怪物，並和牠們培養出家人般親密的情感？別人眼中可怕醜陋的東西，怎麼到你眼裡都能轉變成討喜的寶貝……怪咖嘛你！」

這時，書生的臉色突然變了，滿臉愁容的道：「之後我會有很長一段時間不能到這兒陪你，深怕有心人士發現你後，利用你擾亂靈界。我知道你生性善良不會傷害任何人，但是我也清楚這樣的說法並無法說服其他人……」

「這也怪不了人啊！原本你從鳥巢裡把牠救出來時，還是個醜不隆咚的小東西，現在搖身一變成了大怪獸，牠有沒有三層樓高啊？」郝仁繞著躺在草地上的巨獸身體跑一圈，吼出聲的話語在場也只有他自己聽得見。

「呼……呼……」他跑完一圈，終於停了下來，「根本是在跑操場嘛！把牠帶在身邊還得了，誰看到不害怕？以前你投胎在窮書生那一世時，偷偷養在家裡也取名叫丁三的小怪物，頂多是成人的高度而已……那個被發現後都被亂箭刺死了，現在這個我看下場應該也不會好到哪兒去。」

「丁三你別怕。我在這一帶設了結界，所以你待在這裡非常安全，就算有人經過也看不見你，要乖乖的哦～等我找機會再來看你……」

郝仁坐在一旁看著書生安撫巨獸，忽然間遠方兩道飛竄的可疑黑影吸引了他的注意。

「書生！你說那個什麼安全結界的，是不是已經遭人破解啦？我剛似乎看到那邊有人影耶！」郝仁飛快站起身左右張望，「我絕對沒看錯，剛才確實看到兩個人偷偷摸摸的往這裡看。喂！你們自己最好要小心啊！」

郝仁著急的來回奔跑，就算在書生耳邊奮力嘶吼警告，似乎也達不到任何效果。

「唉呀！到底有什麼方法可以跟你溝通啦？」

◆※◆※◆※◆

「嗯～你聞起來味道真好。」

方馨萍穿著一襲純白洋裝，踏著輕巧的步伐往露臺走去。隨風吹拂而來在鼻息間繚繞的氣味，讓她忍不住閉起眼眸深深嗅了好幾次，那是一種帶點草香且清爽的陽剛氣息。

「妳來了。」

單手隨意搭在木製看臺扶手上望向遠方的男人回首，蹙緊的眉頭頓時舒展開來。他雙眼微瞇，將遠處驚豔的畫面盡收眼底，並彎起嘴角綻放出迷人笑意。

「這個身體的主人或許在睡前忽略了清潔工作，我想這是我侵占他身體時能做到的少數回饋。」

「呵，忽略？」聞言，方馨萍挑高她細緻的眉毛噗哧的笑了出來。

「你放心，阿仁本來就不愛乾淨。他是那種兩、三天缺水無法洗澡都能怡然自得的人。如果嫌他髒、拜託他去洗澡，他肯定會這麼回答：『喂！幫幫忙！有種妳過來靠近聞聞到底哪裡有味道了？再說我今天賴在電腦桌一整天吹冷氣沒流汗，而且現在地球資源漸漸消失，我認為身為地球人就該盡一份心力，不要動不動就浪費水資源，你們若有良心也一起跟進，OK？』」

方馨萍生動的模仿著郝仁說話的表情和口氣，把眼前認真聆聽的男人逗笑了。

「哈哈，阿仁說話還真有創意。」

「我可沒有誇張喔，他那小子說話不只有創意，甚至可以說不知輕重。不過優點是阿仁個性直爽，說話不拐彎抹角，沒有半點心機。」

「對了！我們就這樣突然離開現場，留他們在那裡好嗎？」男人忽然擔心的詢問。

「放心。我剛離開前跟爺爺說了阿仁身體不舒服，他交代要我先帶他回家休息。」方馨萍將散落在臉頰上的幾縷髮絲往耳後塞，「阿仁在遊樂器材往下墜的同時昏了過去，但他們沒人發現當時坐在臺上的並非阿仁，而是你。」

「不是說了需要表演？若主角不在場，節目就要開天窗了。」

「其實阿仁自從上次法力失效後似乎一直耿耿於懷，若他真的醒著，臨時要他表演可能也會臨陣脫逃。」方馨萍笑著保證道：「再說還有馬克和爺爺在啊！我爺爺很機靈的，只要他在，不管再大的困難他都有辦法化險為夷。」

「嗯，那就好。」男人點頭微笑鬆了口氣，「如果允許的話，我還真想認識妳口中的阿仁，以及美屍坊裡的所有成員。每次聽妳提起他們時那表情生動的模樣，我就覺得好羨慕。馨萍，妳應該珍惜有這麼好的家人和朋友陪伴……」

男人淡淡的嘆了口氣，揚起笑容卻掩不住哀愁。

「唉，算算應該過了四百多年……四百年的日子應該不算短，否則我怎麼會輕易的忘了與家人、朋友們相聚暢談的感覺了呢？」

方馨萍沒想到這話題會讓男子觸景傷情，她不喜歡見他皺眉惆悵的模樣。

「呃，對了！你應該找機會見見他們的。我爺爺雖然喜歡處處找人碴，但其實是標準的刀子口豆腐心，他和我爸爸從小呵護我，即便從小沒有媽媽也不曾讓我感到寂寞。還有馬克和阿仁，就是我向你提過，他們因緣際會來到美屍坊，就這樣奇妙的成為家中的一分子……說也奇怪，除了家人之外，我很少能夠和人自在相處，但他們不知有何魔力，讓我從一開始就沒有任何排斥感。而且我爸爸擅長烹調各式料理，你一定會喜歡的……」

男人伸出修長的食指，輕輕的抵在方馨萍唇間，暫時止住了她的喋喋不休。

「我……」男子的動作讓方馨萍蹙起眉心，心裡立刻湧現各式負面的念頭——

我是不是太聒噪了？

他應該喜歡更有內涵的女人吧？

他會不會討厭我了呢？

「別胡思亂想。」男人似乎看出她心中的想法，嘆了口氣後便牽起她微涼的手移步至露臺一旁的桌椅落坐。

「嘿，抱歉喔，是我太吵了對吧？你一向喜歡安靜。其實我本來也不愛說話的，真的，我保證！」

方馨萍就像個初戀的小女孩般忐忑不安，想在喜歡的人的面前表現出自己最好的一面。她不喜歡這個陌生的自己，這異樣的感覺牽制著她，讓她窒息。

「妳忘了我和這個身體的主人不可能同時出現嗎？」男人開口打斷了方馨萍的思緒，溫醇的語調讓她不用貪杯也能迷醉，「和妳的家人、朋友們見面的提議聽起來美好，但若我出現了，其他人會怎麼想？本來就不屬於這裡的人，何必引起一陣無謂的風波。」

「你提過留在人世有想完成的願望，難道你想放棄了嗎？」

「馨萍，若阿仁從今而後消失了，妳會如何？」

她眨了眨眼，一時間無法回答。

「我……我會……」

雖然兩人並非親姐弟關係，且她是獨生女，從不知兄弟姐妹們是如何相處，但若美屍坊從此少了阿仁爽朗的笑聲以及他不時的惡作劇，還有他每次和爺爺鬥嘴時，氣燄囂張的模樣……

她沒想過這一切會消失，或者她以為這些原本應該屬於美屍坊的一切，永遠不可能會消失。

「其實我早該離去，只為了某些原因才不甘心就這麼離去。存活在世上幾百年，我頭一次找到能夠契合且暫時棲息的身體……因為這個身體的主人，我能夠呼吸、觸碰、感覺，甚至還能品嘗我最愛的咖啡。奇妙的是儘管物換星移、人事已非，但這股濃醇的氣味即使過了幾個世紀也絲毫沒有改變。」

「難道你從沒有想要霸占這個身體的念頭？不是只有夜晚而已，還能真正看到白天的景象，做個真正能掌握自己一切的人？」方馨萍因為男子的淡然而感到心酸。

「老實說，從我能夠趁身體的主人熟睡時附在他身上，並真實感受著這個時代開始，我就無時無刻都在思考這個問題。我曾怨恨上天的不公平，怨恨我早逝的生命……直到認識了妳。妳知道我的身分後沒有驚恐，還能捨棄睡眠時間陪著我聊天說話。」

「呵～」男人輕笑了聲，語氣間充滿著寵溺的溫柔，「馨萍，妳是我遊蕩在人間幾百年來，第一個認識、也是第一個和我說話的人。」

「曾經有過念頭留下來，現在呢？沒、沒有了嗎？」她暫時感受不到對方傳來的情意，腦中完全被該怎麼說服他留下來的念頭占據。

男人交疊起修長的雙腿，將視線從那張因他而憂愁的小臉移開。

「我靠著怨念存活在世上，孤單遊蕩在不屬於我的空間。自從因緣分進駐到這個身體裡後，不知為何心頭所有的怨恨和不甘漸漸消失。有時候靜下來仔細想想，我留在這裡到底在期待些什麼？過了好幾世紀的錯誤是否早該被原諒……特別是最近總會想著，既然覺得釋懷了，是不是就該還身體主人一個完整的自己？就這麼想著想著，竟然有種快要消失的感覺……」

男人感嘆的敘述著，卻立刻遭到對方打斷。

「不行！你絕對不可以消失！」

方馨萍倏地起身，急促起伏的胸口代表著她的不安，原本柔和的神情被驚恐取而代之。

「馨萍……我無法預測自己何時離去，但至少走得無牽無掛。若能安靜離去、不驚動任何人，對我而言或許是最好的選擇，不是嗎？」

方馨萍不斷搖頭，一時間無法馬上回答男人的話，只是不斷深呼吸，等待稍微平靜後她才能完整表達自己的想法。

「或許在這世上沒有讓你牽腸掛肚的人，在這茫茫人海中也找不到讓你依戀著而想要存活下來的人，但無論如何請你不要隨便離開。不管你靠著怨念、靠著遺憾或什麼都好，拜託你暫時千萬不要消失！因為、因為這裡還有個人希望你能留下，如果那個人從此失去你，她……她會……」

豆大的淚滴不受控制的自雙眼滑落在頰邊，方馨萍深深吸了大口氣努力隱忍著，不想讓對方看到自己失控崩潰的模樣，於是她選擇轉身往屋內跑去。

「馨萍……唉……」

男人跟著起身追去，卻在幾乎要碰觸到方馨萍的肩膀時頓住。

他了解方馨萍如此激動的原因，這段時間他不會木訥到感受不出對方的一片心意，其實輕描淡寫說出這番話並不容易，他心裡何嘗不是在滴血呢？

這個女人甚至不知道他的名字，也從不追究他的過去。即便只能在夜晚時分相互聊天談心，即便他無法給予她任何承諾，卻依戀著她那張美麗臉龐上，一抹朝著他幸福且滿足的笑靨。

驀地，一道刺耳尖銳的聲響打破了此刻的靜謐。

「喵！」

露臺邊的欄杆處躍上一道嬌小的身影。

男人轉身看向貓咪，而王子則是露出極為防備的神態，牠弓起了背，一身銀白毛髮彷彿千百支細針全然豎立起來，齜牙咧嘴的向敵人發出戰鬥前的警告宣言。

「你說對了，我不是他沒錯，但請放心，我同樣不會傷害你。」

男人似乎不因這番景象感到驚恐，試圖用平緩而低沉的語調降低此刻緊張的氛圍。

「緣分真的好奇妙！好久以前我曾經養過一隻貓，我稱呼牠鑽石，因為牠的眼睛在夜晚發出鑽石般璀璨的光澤。還有，牠在月光下呈現銀白色的毛髮就像你一樣，如此的珍貴，如此討人喜愛。」

男人緩緩走向前去，友善的伸出右手，但沒有急切的想要觸碰，只是默默的停在王子面前等待牠過來確認味道，彷彿童話故事裡的王子般，彬彬有禮的等待對方的首肯。

「喵～」

貓咪依然呈現防備模樣，但已經不再發出尖銳叫聲。牠弓起著背脊向前一步，嗅了嗅他的手倏地後退，然後再次前進又後退，來回幾次後，停留在他掌心前的時間拉長了。

一會兒後，牠敏感的感受到對方似乎沒有惡意，於是漸漸收回了方才發狂的姿態，弓起的背不再防備著，豎起的毛髮也回復柔順，並開始用臉頰蹭了蹭對方伸出來的右掌，並且發出友善的咕嚕聲響。

「聽馨萍提過，你叫王子麵對吧？」男人輕柔的低喃。

「喵！」

叫聲聽起來像在抗議。

「哈！我懂，你不喜歡『王子麵』這個名字。」男子轉手輕輕撫了撫貓咪仰躺時露出的毛髮，「馨萍說原本他們都叫你王子，因為你看起來高貴迷人，且散發出驕傲不搭理人的氣質，但阿仁來後就把你的名字改成了王子麵，對吧？」

「喵～喵～」

這叫聲彷彿說著：終於有人肯為我說句公道話了！

「關於這點令人感到納悶……這個時代的人賦予王子的形象，竟然是高貴與驕傲……」男人不解的撐著下巴思索著，貓咪就在他輕柔的撫觸下開始打盹起來。

「驕傲、不願搭理人……有嗎？」

NO. 2

要被趕出美屍坊了

大雨下了一整夜後終於在清晨歇息，雲霧縹緲的山間約莫幾個鐘頭後放晴，天空綻放出清新的色澤。

「方叔昨晚睡得好嗎？」馬克下了樓梯往餐桌方向走去，一臉神清氣爽的向已落坐、正在閱讀報紙的方群開口招呼。

「老樣子！一覺到天亮。像我這把年紀能睡足八個鐘頭的不多見。」方群抬頭回應，恰好瞥到端著食物籃前來的方勤克，急道：「餓死了，快給我吃的！」

美屍坊一樓的餐廳此時此刻正瀰漫著食物氣味，發酵的麵團經過窯烤後散發出溫暖的香甜。

「阿仁，早安。」馬克輕拍了下他的肩，「昨晚你身體不舒服先回來，休息了一夜後，怎麼看起來還像是睡眠不足？」

「哪知啊！」郝仁揉了揉眼瞼下的陰影，「我剛也是聽老頭提起，聽說昨晚是馨萍姐先帶我回來的，可是我真的半點印象也沒有。只記得我們當時坐在遊戲器材上任人宰割，不斷往上升高到頂點後靜止不動……接下來的情況我就完全失去記憶了。」

「哈哈！說到昨晚的事，我現在還能清楚感受到當時的激動。」方群朝馬克大大比了個姆指，欣喜的表情全寫在臉上，「可惜阿仁你不舒服先回來沒能參與盛況，我們馬克昨天的表演說有多威風就有多威風！」

「唉！我也覺得好可惜沒能參加，出差一直到今天清晨才回家。」方勤克張羅好早餐後便坐下，「爸，快說來聽聽。」

方群用叉子送了片番茄入口中，快速咀嚼後才開口道：「主辦單位多賊啊！請了十個人用同樣比例、分量的食材，規定在同一時間、地點做出巧克力，然後要求馬克吃下主持人指定的某顆巧克力後，再回頭從這十個人中，挑選出是哪位做出的成品。」

「什麼！」聞言，方勤克驚訝的吼出聲來，「雖然馬克的嗅覺和味覺天生敏銳，但要從同樣的食材比例和同等規格的做法中找出做巧克力的人是哪位，我覺得要達成簡直是天方夜譚。」

「沒錯，分明是整人遊戲嘛！太扯了！」郝仁憤恨不平的幫腔道，眼角卻瞥見馬克微揚的嘴角，「嘿嘿！兄弟，看你笑得如此得意，想必應該是完成了使命對吧？」

方群搶先解答：「那當然！我們昨夜幾乎是一路被掌聲包圍著，連頒獎典禮結束後上了車，還有人猛拍打車窗想要跟馬克握手呢。」

「靠！這麼搶手喔！」郝仁聽了心裡有些不是滋味。

「可是馬克，這麼困難的任務你到底是怎麼辦到的？」方勤克不可置信的開口問。

「其實沒什麼，只是多用了點心而已。」馬克先是謙虛的微笑，接著道出整個破解的流程，「首先我吃了主持人指定的松露巧克力，當濃醇的口感滑過舌尖時，我隱約感到有股辛辣的刺激感。再來，以手工巧克力來說，我品嘗的那顆巧克力水分含量似乎多了些。」

方群緊接著說：「所以馬克當下要求一一聞那十位製作者的手指頭，還有和他們握手，就這樣一輪後立刻找出正確答案。」

「聞人家手指的味道……」郝仁嫌惡的狂吼，「變態啊你！」

馬克不在意郝仁的批評，微笑著並解釋道：「若是材料分量及製作過程相同，但整體而言偏濕潤的話，我在想應該是做巧克力的人手部汗腺發達。另外，我嚐到巧克力內餡的刺激味應該是大蒜，代表此人平日時常剝大蒜，所以氣味殘留在指間，因此只要透過握手和聞手指的氣味，並不難找出做巧克力的人究竟是哪位。」

聞言，方勤克忍不住鼓掌叫好：「哇！當時肯定很精采，馬克實在太厲害了。」

「呵，沒什麼啦！」馬克笑著舉起咖啡杯致敬，「Tony哥烹調的美食才真是徹底抓住我的胃。」他優雅的張口咬下手中的三明治，眉宇間隱藏不住滿足和感動，「我真的從來沒吃過這麼好吃的三明治。」

「哈！」郝仁聽到這番言論忍不住歪嘴冷哼了聲，並喃喃的低語著：「今天的早餐是互捧大會喔？」

「哈哈……」方勤克頓時笑不可抑，「雖然類似的誇讚時常耳聞，但每次聽到還是覺得欣喜，再這麼捧下去我就要飛上雲端了。」

方群白了他兒子一眼後，繼續將話題轉了回來：「雖然馬克破解難題讓大夥兒興奮不已，但沒能看到阿仁表演安魂曲，大家不免還是感到失望。」

「安魂曲……咳、咳！」用力拍了拍自己的胸口，郝仁差點沒被正準備吞下去的麵包卡住喉頭，「你說我、我嗎？」

「除了你還有誰？安魂曲又不是誰都能隨便開口唱。」方群捻了捻灰白的眉毛，「我在下臺前跟大家再三保證，下一年的盛會若是我們紅眼怪客團有幸參加，絕對會讓大家見識見識這等百年難得一見的強大法力。」

提到安魂法力，郝仁的心像遭到細針猛然穿刺了下，顯得有些坐立難安。

「呃！你們慢慢享用早餐，我忽然覺得肚子有些脹脹的，想出去跑個幾圈運動消化一下。」郝仁邊說邊往後推開餐椅起身。

他刻意抓起手機低頭專心看螢幕，佯裝成有什麼重要的事情得處理般，成功避開自餐桌方向投射而來注視他的目光，直直往前門玄關處跑去。

「阿仁，你不先吃點東西嗎？」馬克放下握在手中的咖啡杯，暫時中斷品嘗那濃醇的液體，「Tony哥煮了你最愛的巧克力奶昔，光是聞到那濃郁的可可氣味，心情就會感到格外愉悅喔。」

聞言，郝仁狀似瀟灑的朝他們揮了揮手，再誇張的揉了揉腹部。

「唉呀，不了、不了！你們吃。昨天睡前嘴饞嗑了兩大包洋芋片，全在胃裡翻滾還沒消化完畢，我看我先出去繞個幾圈，消耗一下熱量，不然肚子鼓鼓的很不舒服。」

「可是阿仁！你要去跑步，但走的卻是前門……」馬克的疑慮還沒說完，郝仁已消失無蹤。

郝仁雖離開，話題卻繼續繞著他打轉。

「昨天睡前嘴饞嗑了兩大包洋芋片……」方勤克納悶的皺了下眉頭，「阿仁不是說他昨晚昏睡過去，沒半點印象了？」

方群搖頭冷笑道：「還有，阿仁這小子最近是不是在迷什麼古裝劇或者網路遊戲？脖子圍那圈是什麼玩意，蕾絲花邊嗎？他平常不是上衣短褲隨便穿，怎麼最近早上總看到他穿什麼絲質睡衣，還是在玩你們年輕人所謂的cosplay？」

「很有可能喔！」方勤克點了點頭，「不然前幾天那張華麗的古床也不會送來我們這邊了。」

「嗯。」馬克也跟著猜測，「我在想應該是薰衣草度假村發生的事件，讓阿仁受到了不小的刺激……」

聞言，方群不解的挑了挑眉，「什麼事件？」

「方叔，您忘了嗎？在薰衣草度假村時，阿仁心急如焚想要幫忙，卻無法如願替貝兒卡小姐安魂，讓他覺得遺憾。你們有沒有發現最近只要提到安魂法力，阿仁都會立刻轉移話題，似乎想要逃避的感覺……」

方群打斷馬克的話：「我不是說了，法力偶爾無法發揮又不是什麼丟臉的事，那小子還在意……等等！所以這陣子接案，阿仁總是藉口有事臨陣脫逃，就是因為這事？」

方勤克點頭，「沒錯，聽馬克這麼說才真的發覺有些不對勁。所以爸，阿仁最近很敏感，我們說話盡量小心點，千萬不要刺激到他才好。」

「刺激？拜託，我說了那根本不是啥大不了的事。」

「總之阿仁目前需要思考沉澱，給他一段時間讓他自己想通站起來，但在這期間內我們誰都不能故意刺激他，如何？」

「要我配合行，但至少說出個期限。」方群啜了口溫牛奶，眼睛瞇成兩條線，「我總不能擱著生意不做！若要繼續接《靈報》的案子，也得靠他的安魂法力才能更加圓滿完成。」

方勤克並不認同這番言論，「爸，沒有人能預測期限的長短。心魔雖然摸不著也看不到，卻是一種無法估計的阻力。馬克你說是不是？」

「嗯。」馬克認真的點了點頭，「我曾經經歷過被心魔困住的日子。其實化阻力為助力往往在一念之間，但很玄的是，這一念之間的距離感覺近在咫尺卻又遠在天邊。我相信阿仁一定有辦法重新找回那個自信的自己，只要我們不時給予鼓勵……」

「總而言之最多就一個禮拜。若是阿仁不能振作起來，休怪我把他趕出家門，我們美屍坊不需要沒能力的廢物！」

「不行！」方勤克難得激動，「這段時間我早已把阿仁和馬克當成家人看待，既然是家人，怎能隨意被趕出家門！我們目前應該想辦法讓阿仁找回自信心，協助他回復能夠幫助更多人的法力才對。」

「Tony哥說的沒錯，我們首要之務應該想辦法讓阿仁回復以前的模樣。」馬克也跟著附和道。

「哈啊？這種事需要幫忙？」方群挑了挑稀疏的灰白眉毛，他口氣雖然不屑，腦子裡卻開始盤算著該如何處理，「麻煩！我們紅眼怪客團怎麼會有個扶不起的阿斗？既然……」

「啊！方、方叔……」馬克抬眼恰好瞥見前門玄關鞋櫃處一道熟悉身影，立刻打斷了方群的話。

「阿、阿仁，你不是出門運動了嗎？」方勤克的臉部表情瞬間僵掉，前晚至他自己開設的醫美中心注射玻尿酸的眼部周圍肌膚，頓時有種撐到極限的緊繃感。

「呃，沒事、沒事，你們繼續聊……」郝仁拎著脫下的鞋子，飛快的穿越客廳、廚房、餐桌，來到後門玄關處，再穿好鞋子並揚手道：「哈哈，走錯門是要怎麼跑步，真是腦殘！先走了，掰。」

當下原本怒張的氣氛變得詭異。

餐桌上的爭吵就這麼落幕，尷尬在空氣中凝結……

◆※◆※◆※◆

「糗爆了！」

一陣陣低吼從郝仁的口中傳出來，他二度逃離家門，腎上腺素不斷往上飆高，簡直破錶到可以去申請紀錄。

方才郝仁才出前門不久，來到平臺處，看到停放的小貨車及遠方一棵大樹後，這才發現自己走錯門。

打開美屍坊的後門，就是一般對外的窗口，郵差送信、每日訂購的鮮奶，或者住在裡頭的成員們要外出辦事、購買民生用品等等，都會從後門出去。而美屍坊的前門則是空間瞬間轉移的秘密通道，走出外頭雖然看起來沒什麼特別處，但仔細觀察便會察覺此處位於山間高處，白天往下看去是霧茫茫一片，夜晚卻也不見山下半點燈火。

「腦殘咧！還走錯門。又不是要去接案，走前門幹嘛？」

郝仁心裡悶得慌，懊惱的伸手抓了抓頭。

為了躲避有關安魂曲法力的話題而慌亂逃出門，若他當時專心點選對後門外出晃晃，也不用專程折返回去，還撞見如此尷尬的場面。

「一個星期後就要被趕出門……老頭是認真的喔，會不會太狠了點？他以為我有多得意這副歹死人的德行嗎？我也很想要振作……」

「叮咚！」

手機傳來一陣聲響打斷了郝仁的思考。

「誰一早 line 我？有事嗎？」郝仁從褲袋掏出手機，食指滑了下螢幕瞧看，「這死人終於回我了。」

劊子手：老大！醒了？

好人：剛剛才滾出家散步，怎？

劊子手：昨晚電腦掛了送修，在網咖混到現在才看到你 line 我。

好人：刷卡的事幫我確認了沒？

劊子手：有！確定不是盜刷……老大，線上刷卡地點是你的 IP 無誤。

好人：我會娘砲到刷了一張要價七十多萬的四腳床，見鬼了！

劊子手：嘿嘿……七十萬的床，老大肯定是土豪無誤。

好人：少酸我！

劊子手：沒被盜刷代表我們玩的這遊戲公司夠屌！個資保密得緊咧！

好人：是喔。

劊子手：老大，七十萬的高檔床睡起來像在天堂？

好人：閉嘴！不聊了。

郝仁將手機轉為震動並塞回口袋內，不想再回應沒營養的留言。

「再蠢也不會跑去什麼中古世紀家具館下訂單，我的床已經是標準 king size 等級了，那什麼鬼床將近再大一倍，雖然我房間夠大還裝得下，但多一張床在那邊要幹嘛？準備放屍體喔？」

前天送來一張四腳柱的大床，家具公司指名要郝仁簽收，說是已經線上付款。這張床讓美屍坊其他成員看了各個瞠目結舌，並取笑郝仁這大老粗平日嫌棄方勤克的品味，沒想到自己竟然也當起了仿古的朝聖者一員。

郝仁當下嚷嚷著要退貨，請他們把床撤回去，但送貨人員說明退貨需要經過既定的程序，並非他們的工作範圍，並建議他親自上網或者致電到家具行辦理退貨手續。

「跟他們扯破喉嚨說不是我訂的床，死老頭還在那邊煽風點火說要訂做一組蕾絲床罩送我當禮物，靠！最好適合我的風格啦！」

「唉唷～什麼鬼東東啦！」

郝仁思考的同時不耐的摳了摳頸部，總覺得喉嚨有種被束縛的感覺，原來不知何時脖子上多了條質感極佳的絲巾。

「又不是拉布拉多還黃金獵犬，有必要在喉嚨綁這玩意？」他扯開絲巾使力往地上一甩，「難怪老頭老是在背後取笑我，說我因為無法承受失敗、行為開始脫序……該不會真被他說中了？沒人在惡作劇，穿這副模樣、下訂單買床的人就是我自己！」

前天晚上郝仁和最近迷的遊戲版主討論過他帳號可能被盜用之事，此版主和他在打怪世界屬於同一支隊伍，並負責補血角色，化名劊子手，而郝仁則化名好人。

一問之下才知道，劊子手除了是該遊戲的版主外，恰巧他大姐在郝仁開戶的銀行內擔任經理一職，因此透過這層關係就直接請他大姐幫忙查詢處理。因為郝仁發現最近刷卡的明細有些並非自己所買的東西，並且要價都非常昂貴，但方才劊子手的回應證實了沒有盜刷嫌疑！

「來喔～免費幫人算命。」

忽然，前方十公尺處傳來一道聲響吸引了郝仁的視線。

那是極為平常的算命攤位。一張簡易的木桌椅，桌面上擺放著算命用的工具，有書冊和八卦等物品，椅子後方還插了寫著算命的旗幟。

郝仁頓了下步伐，眉頭緊蹙，在心裡不屑的冷哼：免費算命……哼！什麼鬼東西！

他刻意加快步伐經過，擺出一張興致缺缺的臉，平時心情若好過去扯幾句當練嘴皮子，但他現在沒心情惹風波，乾脆來個視而不見。

「施主請留步，所謂萍水相逢，能夠碰面即是不可多得的緣分，不如前來讓我觀看你的面相和手相？」

「謝了，不必。」郝仁沒有回頭，只是舉起右手揮了揮表示婉拒，沒想到對方竟然不死心，加大了挽留的音量。

「施主懇請留步！既然有緣，何必斷了這條線？一般人往往渴望看到未來的自己卻苦無機會，但你的大好機會來臨，不妨問問想知道的任何疑問，比方做什麼行業會讓你財運亨通，或者若你好奇未來另一半的身分，只要你開口，我都能為你解答。」

聞言，郝仁終於停下步伐轉身，他咂了咂嘴，表情極為不屑。

「好吧！既然你都不害臊敢這麼誇下海口了……」他原本不想惹事，但實在受不了這個假半仙自吹自擂的口氣。

「恭喜施主留步，你會為自己的幸運感到欣喜。」

郝仁可不領情，「我會高興的話天空就要下紅雨！哼！不是我要說，在荒郊野外擺攤做生意，我在想你不是菜鳥就是有病？不過既然你都說碰到就算緣分，雖然我現在心情不怎麼OK，但還是好心提醒你一下。」

他伸手用食指比了下對面山頭的方向，「喏，看到對面那邊光禿禿的山頭沒有？那是租給外地人種薑的區域，從這邊開車過去不到半個鐘頭，你若搬動這攤位走快一點過去應該傍晚前會到。附近有好幾間新興的民宿，據說最近在網路上熱門到爆！平日好像也都有八成以上的訂房率，那邊遊客多、商機也多，所以奉勸你把攤子收一收趕緊移師到那邊去擺攤，搞不好會有人願意上鉤。」

「喔，這樣啊……好一陣子沒來這裡了，沒想到附近已經開了那麼多間民宿，滄海桑田啊……嗯，那麼我會好好考慮你的建議。」

算命師點了點頭後，繼續方才未完的話題：「施主，我看你印堂有異象，眉宇間似乎還散發出陰氣，你靠過來這邊把手拿來讓我仔細幫你瞧瞧。」

「咳！你沒聽懂我的話喔？」郝仁差點沒被口水嗆到，他雙手環胸，決定這下不留情面，「怎樣？是我表達的方式不對，還是你耳朵出了毛病？」

「好吧！我就跟你打開天窗說亮話。這年頭詐騙集團猖獗，那群不要臉的騙子為了讓更多人上當，他們而無所不用其極，甚至每天推陳出新，用算命這招騙財騙色。你說早在十年前還會有人乖乖受騙，現在的話大家被騙多次早有警覺性了，勸你換點花樣，想要詐騙成功還得動動頭腦……」

「再說，你要出來做生意，唬人前不先打理一下自己怎行？你那烏漆抹黑的模樣看起來很像山裡迷路的一頭笨熊，味道又讓人退避三舍。老實跟你說，根本不會有人願意靠近你啦！」

郝仁搖了搖頭冷笑，心想這番直白的言論肯定會讓對方心驚，並摸摸鼻子走人。

「等等！施主你看起來年紀輕輕怎麼會有婚相，但弔詭的是，顯示出來的婚相屬陰非陽，難不成你有過冥婚的經驗？」

這番言論成功引起郝仁的注意，他不顧刺鼻的氣味直往對方設立的攤位過去。

「怎樣？娶鬼新娘不行喔！想不到你這胡說八道的假半仙胡扯也能瞎掰對一、兩件事，不過我勸你最好快滾，否則老子火大想動動筋骨，那你就等著……」郝仁原本心情就不佳，剛好這事件成了引爆點，但盈滿鼻腔的刺鼻臭味熏得他鼻頭發紅。

「你到底幾天沒洗澡了？你知不知道你身上散發出的味道比發臭的垃圾還嗆！」郝仁乾脆用手掌緊緊的摀住口鼻。

「真的有味道嗎？那麼實在抱歉了。」

「你……」所謂伸手不打笑臉人，既然對方已經道歉在先，郝仁也不好再繼續嚷嚷。

他不著痕跡的打量著面前這令人想要逃離的髒鬼，就冥婚這點倒是被對方說中了……

「施主，請將手攤開來讓我看看，你可能是因為價錢的原因覺得不好意思，但不要緊，所謂君子一言既出、駟馬難追，我方才說了不會收錢，就不會伸手跟你要錢了。」

「是嗎？」郝仁故作無奈貌，撤下摀住口鼻的手心，攤開往對方的面前送去，「反正閒著也是閒著，那麼熱的天你辛苦跑來擺攤，沒人給你捧場也怪可憐的。喏，手給你。」

「嗯，讓我仔細瞧瞧……」

算命師用手指在面前掌心上頭的線路上比劃，吃驚道：「咦！這是？」

「啊……哈哈……」郝仁迅速收回右手，貼在左手臂上來回摩擦滑動，想要藉此消除手心的不適感，「摳什麼摳，癢死我了！」

「把手還我！」算命師驀然激動的起身，越過桌面欲搶回方才正研究得起勁的掌心。

「還你個屁咧，他媽誰的手！」郝仁見對方一張烏漆抹黑的臉突然轉變得猙獰，說什麼也要把自己的手顧緊，畢竟對方那表情彷彿要把他的手砍去占為己有。

「你的生命線旁有條分支的虛線，似乎顯示著你非人類，而是有獸類的血統，但我還不確定，你快把手拿來讓我仔細瞧看，我可從來沒見識過這樣的……」算命師雙眼晶亮，嘴巴咧開露出黃板牙，似乎撿到了天下至寶似的。

「罵人還想拐彎抹角，誰理你！你才是獸類咧！不！太侮辱畜牲了，你比畜牲還臭！」郝仁火冒三丈的大罵，並拔腿往美屍坊的方向跑去。

NO. 3 打不開的盒子

今日難得只有郝仁獨自在家。

美屍坊裡的成員們恰好全有事外出中，方群參加兩天一夜的歌唱旅遊大賽，今天一早就出門；方勤克則是陪馬克至國外洽談合作事宜，據說也要三天兩夜的時間；唯一和郝仁一樣應該會待在家的方馨萍，從傍晚說要出門辦事後到現在都還沒回家。

「馨萍姐到哪兒去了？一個那麼正的女人晚上出門在外不怕……」郝仁挑了下眉，噗嗤笑了出來，「哈！還真的不用怕咧！敢動她的人到時候怎麼死都不知道。」

「鈴——」

鬧鐘大響。

「蛤！已經半夜十一點半多囉。」

先前調的鬧鐘聲，提醒著郝仁該去實行方群離家前所交代的任務事項——他得在十二點前至圓屋工作室的地下室一趟。

郝仁邊吹口哨邊至廁所撒了泡尿，然後走出房門往樓梯的方向走去。

「老頭說什麼跑去參加卡拉OK大賽，後來問了Tony哥才知道，這個聚會的目的是黑市拍賣。真搞不懂這老頭到底想買些什麼，怪咖！他那牛一般的性格最好收斂點，不要在那邊惹是生非才好。」

郝仁咕噥著，下樓梯後經過廚房順手在零食櫃抽了幾片牛肉乾，一邊啃咬著，一邊隨意哼唱，漫步在通往美屍坊主屋後的圓屋工作室。

「啦啦啦~嚕嚕嚕……」

夜晚的美屍坊奇美無比，屋外的燈光造景據說是某位知名大師設計，金黃光線從牆邊一棵落羽松的葉片中灑落，灰白的石材地面顯得金黃溫暖。

這條長廊左右兩邊各一整排修剪整齊的桂花樹，樹上開了無數淺黃色的小花朵，晚風吹拂搖曳生姿，盈滿淡雅的清香。

郝仁吞下最後一口牛肉乾，來到圓屋的門口。突然，他想到了些什麼，移動中的腳步突兀的頓了下。

「咳……」他清了清喉嚨後亮出磁卡打開大門，並躡手躡腳的走進屋內，慎重的轉身等門自動闔上。

「可笑咧！又不是要幹壞事，到底在那邊緊張個什麼勁啦！」

他冷哼了聲，並刻意鬆了鬆糾結的頸部肌肉，重新調整步伐，走向迎來的潔白牆面。

郝仁熟練的將掌心貼在面前的白色牆面畫出八卦圖，此為方群設定的特殊密碼。

「嗶——」

一聲長鳴後，原本看似沒有縫隙的牆面忽然從中裂開兩半，各往左右方向滑開，映入眼簾的便是造型前衛的螺旋樓梯，然而，要通往地下室不是只有一種方法！

郝仁調皮的伸手抓住迴旋梯旁的銀白色柱子，手一使力雙腿交叉夾住粗直的長柱，咻的一聲便滑到了地下一樓。

「呼~漂亮！」郝仁完美落地，驕傲的聳了聳肩，「這招要是出現在電影裡應該還算稱頭吧！」

提到電影又讓郝仁忍不住抿了下嘴，心裡不是滋味。

「馬克那傢伙老是嚷嚷對媒體沒興趣，現在好啦，什麼廣告、電影導演相繼找上門來，重金禮聘拜託他賞臉捧場……這傢伙竟然比我多了一條能賺取其他收入的管道。」

前幾個月他們參與了方勤克公司與知名化妝品廠商在薰衣草度假村舉辦的活動時，記者媒體以為馬克是模特兒，便拍了一系列照片和一小段影片。某記者私心將影片和照片放在網路上和網友分享，竟意外得到回響，被網友們瘋狂轉發分享，還有人發動人肉搜索，想盡辦法要找尋這位不知名的超級大帥哥。

此段馬克雙手插在褲袋裡悠閒漫步在步道上的影片，點閱率一度名列前茅，讓他在一夕間成了爆紅的網路名人。

影片的標題為——比模特兒還優質的男人。

後來媒體瘋狂搜尋馬克，找上了方勤克的公司，接著有些廠商透過方勤克想要接洽代言及廣告。

方勤克清楚馬克的低調性格，因此一開始他一一代為婉拒，直到他的摯友動用人情請求協助。

馬克怡然自得的回答：「拍廣告並非我的專業，我只是單純喜歡品酒而已。」

就這句當時隨口說的話，便一字不漏的成為了該名牌紅酒年度形象廣告的臺詞，馬克隨後也在方勤克三番兩次的請求及美食攻勢下，終於點頭答應進攝影棚拍攝。

「哼！假仙咧馬克，還在那邊推拖什麼那不是我的專業，我只是單純喜歡品酒……根本徹頭徹尾天生大明星的料嘛！看看他這幾天是要去幹嘛，先是在 Tony 哥的陪伴下和某大公司開會討論合作事宜，接著出席名牌手錶記者會，該不會嘴巴在那邊嚷嚷著『我不是專業演員、演戲並非我的專業』，然後下一步準備進軍拍電影，成為世界知名、家喻戶曉的電影明星吧！」

突如其來的念頭頓時讓郝仁一陣驚恐。

「搞什麼！同住在美屍坊卻兩樣情，那傢伙正一步步朝向頂端爬去，我呢，則害得貝兒卡小姐的大體全被毒蟲的幻象啃食光光，想想我還真是夯到極點啊……」

郝仁用力抓了抓頭髮洩恨，「啊～算了、算了！現在先別想那麼多，再繼續想下去法令紋都要被擠出來了。」

奮力甩了甩頭，像是要甩掉糾結大腦的思緒般，郝仁決定邁開步伐不再困擾，「振作點吧你！」

他往前走著，連接石英地磚的是稍微隆起高十公分左右的大理石地板，就這樣往裡頭蔓延了三十多坪空間，除了寬大的展示空間外，再往裡頭走去便見到一面黑色石牆，石牆裡頭的空間，就是方群收集的恐怖收藏前將貨物做處理的工作空間。

「噁心巴拉的人體博物館，不過更噁心的人是我自己，看這些收藏品看久了竟然也能夠看習慣，變態啦我！」

郝仁下意識的來回瀏覽每一個展示櫃，裡頭珍藏的展示品根本活脫脫就是進化版的木乃伊，也可說是人體標本。

展覽室內每一尊展示品都展現了活力與特性，就拿矗立在中間透明玻璃櫃中那尊色彩多元的魔術師，雖然動也不動，但奇妙的是眼睛盯久了總覺得它栩栩如生，彷彿正為你表演著精采的魔術秀。

這一尊展示品是新鮮貨，幾前天的早上郝仁被方群叫下來幫忙，據說此人生前是位有名的魔術師，七彩的打扮以及生動的肢體得到方群的讚賞和喜愛。

魔術師生前欠下龐大債務，為了不想讓家人在他死後還得舉債度日，便找上黑市立下生命契約，契約內容為——他身亡的二十四小時之內會被送至美屍坊，然後他的家人便會得到一筆足以還清債務和改善未來生活的金額。

「有錢能使鬼推磨，想不到這世上真有黑市在進行一些詭異的交易，想想真讓人覺得發毛。」

郝仁盯了魔術師一會兒後才離開。

那天下午恰好方群訂製的陳列展示櫃做好送來，圓屋裡頭謝絕外人進入，想當然物品只被送到主屋後門花園前方的平臺處。

郝仁沒啥特別就是力氣大，單獨一人徒手就能移動櫃子，看得聯手搬上臺階的三名工人們一陣目瞪口呆。

「好啦！溫度十五，溼度也在老頭指定的範圍，還有照明展示燈調到向上四十五度，一切OK啦！」郝仁仔細的確認，不想到時出錯被叮得滿頭包。

「呼……」處理好方群離開家前所交代的各個事項後，郝仁終於鬆了口氣。

忽然間他想起了什麼，步伐一頓，心虛的左右張望，他眨了眨有些乾澀的眼，嚥了下唾液，然後緩緩的將視線轉往位於整個空間中央處的石臺上，一只木製的精緻盒子。

「咳……」他乾咳了下，邁開步伐往盒子的方向走去，腳步莫名沉重。

好幾次造訪地下室都是和方群或者同伴一塊兒，今日難得頭一次單獨待在這裡。此時此刻他心裡感到忐忑的，並非人體博物館內無論站在任何角度，那一尊尊真實人體的蠟像，或是似乎盯著他瞧看的目光，而是……

其實郝仁一直很想就近仔細瞧看那只木盒子！

他說不上來那種奇怪的心態，一直以來方群並沒有排斥或阻止他們靠近盒子，就像馬克每回下來這裡必定會把玩它，總是站在盒子前許久，不斷撫著下顎思考，並好奇此寶盒的神秘之處。

就方群的說法是，此寶盒沒有鎖孔卻無法開啟，拿起寶盒搖晃也似乎沒有任何物品，但照理來說木製的盒子且裡頭什麼東西也沒有，應該重量不重，但實際拿起來卻有種說不上來的沉重感。特別是，木盒外一枚雕工精緻的印記，盯著它瞧看一陣子後，便會襲上一股莫名的暈眩感。

方馨萍更扯，她偶爾下來總是不耐煩的打呵欠，儘管方群再三勸誡他的博物館內禁止帶任何食物飲品，她大小姐就是喜歡挑戰權威。

上個月的某一個午後，方馨萍再次違規，手拿著一只裝著熱巧克力的紅色馬克杯下來。當她覺得頭髮阻礙她、想要紮起馬尾時，便順手將杯子暫放在寶盒旁，裊裊的熱氣直往盒子處瀰漫，讓方群氣到發飆大罵——

「萍萍！跟妳警告那麼多次了不准帶食物下來，還有這是我們方家歷代相傳的珍貴寶物，妳若要對得起列祖列宗們就請自重。」

「歷代相傳的意思是，總有一天這只看不出有任何作用的盒子會傳到我手上來，對吧爺爺？」

這句不冷不熱的回話讓方群氣得牙癢癢，他了解孫女話中的含意——也就是若寶盒傳到她的手上，所受到的遭遇不會比現在來得好。

美屍坊的成員中，唯獨郝仁表現出對盒子壓根沒興趣的模樣。只是他們全都不清楚，每當他經過盒子附近不著痕跡偷瞄的眼神，還有盒子前方凹陷處的那枚印記，越是刻意不想看就越是心癢難耐。

「好吧！讓我來仔細瞧瞧這個看起來平凡的木盒有什麼神奇之處。」

這是郝仁頭一次接近寶盒，自即將從幸福島回來的前一晚，半夜跟蹤方群，親眼見識到了方群在瘋狂找一個具有和寶盒外殼相同印記的人後，從此他就對這個寶盒產生了莫名的抗拒感。

一方面他很想確認那枚印記和他左胸口處從出生便有，且他父親多次想要抹去卻抹不掉的胎記是否相同；但一方面又害怕自己確實是方群要找的那個人。

——找到那個人後會發生什麼事情？

——如果他就是方群渴望找到的人，那麼現在一切的生活和相處關係是否會全然變調？

郝仁知道方群為了找尋這個擁有相同印記的人，花了畢生的努力及投入大量的金錢和時間。若是體諒這點，郝仁應該主動告訴方群，他身上有枚胎記很有可能符合……

但這個他好不容易得來的財富、精采生活及強大的安魂法力……他現在真的一樣都不想失去。

「會不會太巧了！這木盒上頭的紋路跟我胸口的胎記一模一樣！就像老頭形容的，放射的六角星狀有圓圈將六角星完整包圍，六角星的中間有菱形鑲在其中……」

郝仁雙手捧起寶盒上下搖了搖，感覺裡頭確實如他們所言空無一物，況且這盒子沒鎖孔卻能緊閉著，任憑他怎麼摳、怎麼拉扯都徒勞無功。

「這世上的巧合還真多，我的胎記竟然能夠和這個寶盒的印記相同，要不要乾脆出去買張樂透碰碰運氣。」

郝仁一邊瞧看一邊就著寶盒的外觀觸碰研究著，他穿著白色V領T恤的左胸口處驀然閃爍出詭異的藍色光澤。

「靠！發生什麼事了？」

郝仁在第一時間便驚覺發生異狀，左胸口處莫名微微的震動了起來，當下他瞠大雙眼，嚇得將寶盒拋回原位，並以迅雷不及掩耳的速度拔腿往螺旋樓梯的方向跑去。

「快快快！就這樣無緣無故死在這裡那不是太慘了！」他三步併作兩步，沒幾秒的時間便爬上一樓，逃命般的跑出圓屋。

當郝仁一路飛奔穿越圓屋和主屋間的長廊時，依然沒有減速，直到手摸上主屋廚房的門後立刻開門、進屋、用力關上門。緊張的氛圍繃得他胸口好緊，就像有人狠狠掐著他的脖子阻止他呼吸一樣。

「呼……喝……哈……好奇心實在太可怕了……呼……實在不該輕舉妄動……」

郝仁彎下身軀，雙手扶在膝蓋上不斷喘息著，胸膛上下激動起伏，眨眼間意外瞥到前方一抹嬌美的身影，緊繃的神經未能來得及接受家裡還有其他人在的事實，嚇得他當場失聲大喊。

「啊——」

這一吼響徹雲霄，強大的威力差點沒把屋頂掀了開來。

只見方馨萍鎮定的站在郝仁前方，雙手環胸平靜得像是等待他嘶吼完畢，美麗的臉龐沒有絲毫的表情，只是震耳欲聾的聲響讓她還是忍不住伸手揉了下右耳。

「阿仁，叫夠了嗎？」一會兒後她淡淡的開口詢問，似乎不在意自己就是讓對方嚇破膽的罪魁禍首。

「馨萍姐，我差點沒被妳嚇死！」郝仁不斷拍打著劇烈跳動的胸口，聲音還殘留著餘悸猶存的沙啞感，「妳到底去了哪裡，怎麼半夜才回家？」

「我出現在這裡有什麼好奇怪的？只有做虧心事的人才會感到害怕不是嗎？」她幽幽的說道，並將捧在手中的物品小心的放在中島型廚房明亮的桌面上。

「妳、妳才做虧心事咧！」郝仁結巴著怒喊，方才木盒出現異狀的事他決定選擇暫時封口，「還不是妳走路沒發出半點聲音，這世上只有鬼才會那麼出其不意……咦，妳拿什麼回來？味道還挺香的。」

桌面上有一只盤狀、包裝精美的藍白相間紙盒，郝仁好奇撲鼻而來的香甜氣味，才剛伸出手想確認裡頭裝的是什麼物品，但還未觸碰到便遭一隻手打退。

「別碰我的核桃派！這是我晚一點要配咖啡吃的。」

「半夜喝咖啡，配這一整盤核桃派？」郝仁打量了下桌上的物品，「我目測這派至少有八吋大，妳那個小鳥胃哪裡有空間裝得下？這種玩意最好趁新鮮吃掉，吃不完拿去冰箱隔天再吃就完全走味。不如這樣，妳就拿一、兩塊祭祭妳的小鳥胃，其他剩下的就由我來接手，OK？」

郝仁興致勃勃的往冰箱的方向走去，他記得方勤克出門前幫他煮的一壺冰奶茶還剩下大約兩杯的分量。雖然他向來宵夜偏好鹹食，但偶爾改甜點似乎也是種不錯的選擇。

「阿仁，你想吃的話，我下次會記得買你的份。」

「蛤？」直白的拒絕絆住了郝仁邁出的雀躍步伐，他轉身開始討價還價，「不會這麼小氣吧？不然這樣好了，我們一人一半？」

「明天我會出門一趟，回來絕對會帶整盤的派給你。」

「所以說我現在連分到一片的機會都沒有了對吧？」

這大小姐說話沒有拒絕的字眼，卻清楚表達出她的意願。

「好，妳高招。拿食物在人家面前炫耀卻連一口都不讓人碰，玩整人遊戲是吧！」

「阿仁，那麼晚了還不睡嗎？」方馨萍刻意瞥了下牆上指著將近凌晨一點的時鐘，勸道：「我覺得你應該上樓休息了。」

「幫幫忙，被妳嚇到魂魄差點都無法歸位，然後又被妳那盤核桃派搞到肚子咕嚕咕嚕，現在睡得著才有鬼咧！再說最近不知怎麼回事，明明一天至少躺了八個鐘頭以上，醒來還是猛打哈欠，黑眼圈再深一點就成了熊貓，到底半夜是去哪裡做苦工啦……」

待郝仁心情漸漸恢復平靜後，驀然發覺站在他眼前熟悉的可人兒有了些變化。

「等等！我說馨萍姐，妳是不是見不得馬克最近突然爆紅，想說也準備發揮自己的實力往螢光幕發展喔？」

郝仁不禁瞇起眸子，目光上下來回仔細打量著。

站在眼前的女人十足的豔光四射！已稍微留長了些的頭髮，改變為捲髮造型垂放在左肩處，性感的鎖骨不知動了什麼手腳，移動間隱約閃亮著；一襲深V領的黑色洋裝將她的好身材展露無遺，襯托出修長纖細小腿的完美比例；平日白淨清麗的臉龐今日上了彩妝，將原本看來過於年輕的模樣散發出貓一般的性感魅力。

「喔，怎麼說？」方馨萍撥了撥微捲的髮絲，不解的蹙起眉心。

「什麼怎麼說！講得好像跟妳沒關係一樣咧！大半夜的妳穿成這副模樣是想勾引誰

啦？家裡頭就剩下我和妳，再說我不是跟妳聲明超級多次了，若這世上只剩下我和妳，那我會毫不考慮選擇當和尚，OK？」

郝仁激動的訴說抱怨著，卻壓根沒想到會得到毫無邊際的回應。

「所以，你應該要上樓睡覺了？」

「喂！我們現在是在演雞同鴨講的戲碼嗎？跟妳說過很多次了妳這樣很不OK，根本把人家的話當耳邊風嘛！做人最基本的道理是當對方認真的跟妳討論時得嚴肅……」

郝仁有時候實在搞不懂眼前這位大小姐回話的邏輯，每一次跟她爭辯到最後，下場都是自己火冒三丈。

不過，這次他有點狐疑的摸了摸下巴。

「對了馨萍姐！我發現妳最近晚上老是催我滾回房間去睡覺，真叫人懷疑妳到底有何居心……」他腦海裡浮現出各類的畫面，想要找出可疑的線索，「齁！我就在猜想這幾天老是把我從床上搬到另一張床的凶手是哪位？就是妳對吧！每天晚上勸我趕快入睡，然後半夜再偷偷潛入我房間……妳該不會染上了搬物癖好？」

只見方馨萍微微的彎起嘴角，卻不見笑意，「阿仁，你何時看見我手上拿過重物？」

「也對喲！」郝仁沒好氣的揉了揉鼻頭，「妳這位超級大小姐，含鑽石湯匙出生的嬌嬌女，別說是重物了，根本沒做過家事。說真的我很好奇妳知道掃把和抹布的用處嗎？我看妳這輩子願意拿在手上的重物，也只有工作對付貨物時需要用到的手術工具而已了。」

「阿仁，我覺得你真的應該上樓休息，很晚了。」方馨萍再次重申，眼底閃爍著讓郝仁看了直發毛的嬌嗔與期待。

「知道了啦！」郝仁斜眼瞄了下，便決定往樓梯的方向走去，一邊走著嘴裡一邊還不斷嘀咕：「這位大小姐是不是發情期到了？那款嬌媚的狐狸精模樣是想迷死誰啦！她那恐怖的個性我看只有鬼才會中圈套咧！」

他搓了搓手臂冒出來的雞皮疙瘩，三步併作兩步迅速爬上二樓，直直往他的房間跑去、不敢多作停留，也就沒注意到樓梯下一道帶著歉意的目光。

「阿仁，對不起，還有謝謝你……」方馨萍輕聲的低喃道。

NO. 4

紅眼起死回生

「餓死人了！你是餓了幾百年的野獸喔，昨天睡前不才餵你吃了兩碗泡麵？」

郝仁伸手撫了撫胃部，咂嘴抱怨著，一道道咕嚕聲響不斷傳來，彷彿在表達抗議。

「吵什麼吵！我出來運動一下，等等回去就有東西吃，你少在那邊跟我鬧脾氣。」

郝仁今早又假藉昨晚的宵夜讓他感覺胃脹氣，因此想要在用餐前出門運動消化。其實幾天前他撞見餐桌上尷尬的對話後，現在繼續用這種方式避開其實根本是多餘的，但他還是拉不下臉去面對。

風和日麗的早上，郝仁再次避開和大夥兒共用早午餐的時光，原本出遠門的成員們都回來了，他也不好再像前兩天在用餐時間出現在餐廳內。

不過最讓郝仁感到納悶的是，他明明恨死房間那張不屬於他的古典床，但今天早上被Tony哥的敲門聲叫醒，準備起來領精力湯時，卻驚覺自己竟然躺在古典床上！

「怪了！明明昨晚打怪撐到眼皮快閉起來，我就爬回自己的床上……睡前我還把壓在枕頭下的存摺拿出來複習一下，爽笑著就……就沒知覺了……」

這麼一想他確認昨晚選對床睡，美屍坊的成員又沒人有搬動物體的癖好，而王子麵那隻驕傲的貓也沒那個能耐。

難道是鬼？

郝仁邊走邊納悶的分析著，但心思還是很快回到目前最讓他擔憂的事件。

距離方群開出一個星期就要將他逐出美屍坊的期限還有一天，若看不出他有何建樹或進步，就得打包離開這棟豪華舒適的別墅。

「當然對貝兒卡小姐很抱歉，沒能替她安魂或者做什麼補救；但真正糗的是，我這被逐出家門的孬種好不容易成了別人眼中的英雄，甚至靈界還流傳著出現新星的佳話，那種好不容易飛上枝頭卻又瞬間跌落谷底的痛……總之很難形容……我的能力不知只是暫時消失或者永遠消失，若永遠消失……算了！不敢想！」

突然，前方一道較平日不同的景象吸引了郝仁的注意力。

「咦，怪了！怎麼今天大門是敞開的，難道這片地的主人回來了？」

美屍坊的前門是一處廣大平臺，平臺之外就是懸崖，也就是他們成員在外面接案辦任務時，能夠快速通往的神秘交會點。這條通道不為人知，但是美屍坊的後門就是一般正常的通道。

美屍坊的位置在山頂，出了後門往下走約莫一百多公尺會出現兩條岔路，平日郝仁外出散步時習慣往右邊那條走，這條據說是方群出錢鋪的柏油路，無論是路燈或者柵欄或者轉彎處，舉凡有空地之處都有特殊的造景或園藝，之所以能夠維持良好狀態，也都是有合作的廠商會定期來此做剪修和整頓的工作。

另外一條往左的岔路，據說是私人用地，聽方群提過擁有此地的主人並不常來這裡，平日經過時只見有扇黑色大門緊緊擋住。大門的高度約莫一層樓高，原本郝仁以為就美屁坊的高度，應該能發揮地利之便從上往下一探究竟，但通往私人用地的岔路恰好擁有特殊彎曲的地形，那一塊不知大小的私人用地就這麼被突出的大石塊剛好擋住。

「不知道裡面有沒有養狗？哈！反正畜牲類的都很聽我的話，哪怕是狼犬、獒犬什麼的。在幸福島遇到的那隻狗，站起來的高度應該跟我差不多吧，我瞪了一下牠連吠都不敢吠，哇哈哈！」

郝仁的習性是，你越叫他不准做，他就越想跟人唱反調。

見到平日深鎖的大門今日難得敞開，雖然大門旁矗立著「私有土地勿入」的牌子如此醒目的警告著，但卻阻擋不了郝仁想要一探究竟的好奇心。

「我還以為會有什麼不得了的頂級豪宅之類的，原來這一大片土地是果園來著，啐！

搞得神秘兮兮咧，難不成這些果樹會生黃金喔？」

他雙手插在運動短褲的口袋內，悠閒的繼續往前探索，放眼望去看來應該是沒有任何建築物，甚至沒有人影。

「怪了！這裡有人嗎？還是主人太久沒回來以至於大門的鎖生鏽鬆脫，所以才……咦？這些到底是什麼樹？上頭結了一堆堆紅紅的小果實，這玩意我還真沒見過。」

郝仁好奇心作祟，伸手一扯，從離他最近的果樹上摘下了四、五粒左右的果實，攤放在手心上瞧看把玩。接著，手指往內輕輕一壓握緊，經擠壓後的果實內流出的紅色汁液就這麼淌在指尖。

「這小玩意生來刺激人的嘛，諷刺我的自尊不堪一擊，隨便壓一下就潰不成軍，哼！難怪會被老頭恥笑。」他敏感的做聯想。

郝仁自我解嘲的扯了扯嘴角，自貝兒卡事件發生的兩個月後，他鴕鳥心態的避開談論甚至是拒絕思考，這是他首度打開心房。

「不過味道還挺好的。」郝仁貼近手心嗅了嗅指尖的宜人香氣，「這些小不隆咚的果實應該可以吃，不會死人吧？要是馬克那傢伙在場，肯定又在那邊自我陶醉，要不是說什麼酸甜清香如風般吹拂舌尖刺激味蕾，搞不好還會說豔麗的色澤彷彿火球般熱情動人，就像……就像……想不出來了。」

真的是書到用時方恨少！郝仁不禁心想，馬克到底從哪裡搞來這麼多的形容詞，太強了啦！

他抬起手就近嗅了嗅掌心再次確認，「呃，聞起來挺不賴，拿幾粒來解解饞，肚子咕嚕咕嚕的也不是辦法，要知道我每天早上起來餓到可以吞下一隻牛，還在那邊躲躲藏藏回頭再去吃午餐，痛苦得要命啦！」

郝仁順手再摘了五、六粒紅色果實，一股腦的全往嘴裡送，他猴急的使力咀嚼幾下，臉龐卻瞬間緊皺成一團。

「呸呸呸！」他嫌惡的將口中的果實吐了出來，「我呸！這玩意是啥東東！簡直酸死人不償命！」

郝仁忍不住指著果樹大罵了起來：「喂！你跟檸檬可以手牽手當朋友了，然後用你們的酸度聯合打遍世界無敵手……我在胡言亂語什麼，空腹吃這些酸死人的果實，胃絕對會反撲跟我抗議。」

他一邊咒罵著，一邊繼續往果園走去，映入眼簾的是一片結實纍纍的火紅，這些不知名的果樹看起來吸引人，嚐起來卻令人發火。

「要不是我現在飢腸轆轆，也不會衰到中招，用來整人還差不多。」

驀然腦海閃過一道念頭讓郝仁頓時停下步伐，原本惡劣的心情頓時飛揚。

「嘿嘿，如果我拿回去幾顆放在餐桌上，搞不好老頭看到覺得可口，問都不問就會往嘴裡塞。哈哈！若能看他那張老臉全皺起來……等等，那坨東西是什麼？熊嗎？」

前方五公尺處的大石塊旁有一個正在抖動的物體吸引了郝仁的注意，他好奇的向前一探究竟，並放慢步伐，同時心裡多了些防備。

「水、水……誰來救救我，給我……一點水喝啊……」

微弱的嗓音不靠近點聽實在難以辨識。

「什麼？你說水嗎？還有你是誰，怎麼會出現在這荒郊野外？」郝仁拉長耳朵聆聽傳來的聲音，「你說話大聲點，我才能知道你到底需要什麼幫助……什麼味道？」

郝仁才向前沒幾步，距離那臥倒在石頭旁的物體還有兩公尺左右，卻立刻被空氣中傳來的刺鼻氣味嚇得倒退兩步。

「臭死我了！」他摀住口鼻大吼，記憶忽然湧了上來，「等等！是你吧，那個之前遇到的假半仙？」

肯定是那傢伙沒錯！畢竟這股臭味不多見，胃口再好一聞到保證暫時食不下嚥。

郝仁壓根沒想到兩人還有緣分再見，雖然他並沒有意願想再碰上這熏死人的臭東西。

「天使，你是天使下凡來解救我的嗎？我需要水喝，我真的、真的快不行了……」此人躺在地上奄奄一息，黑乾的髒臉上，嘴唇彷彿像乾枯的井。

「你在玩 cosplay 喔？之前假扮算命師，你就開口閉口叫我施主，現在扮成快死的人，又改口叫我天使……雖然你比大便還臭，但還挺有創意的嘛，哈哈！」郝仁哈哈大笑，鼻頭被他揉得紅彤彤。

「我……天使……呃……」躺在地上痛苦喘息的人伸出手後掙扎了一會兒，然後垂下手，不再發出半點聲響。

「哈哈！再來再來，你這假半仙還真有點天分，根本是戲精來的。」郝仁蹲下他高大的身軀真心的拍手叫好，「太有戲了！你躺在這邊，人家經過肯定會以為有死人嚇得逃開，再說你烏漆抹黑的臉還能紅成這副模樣，那是充血還是什麼方法？喂！說話啊，我已經見識過你精湛的演技，沒必要再演下去了 OK？」

見對方沒搭理，郝仁便向前握住對方的肩膀使力搖晃了下，這才發現此人左肩揹了個用黑布包裹的布囊，裡頭裝的物品把布囊撐得圓大。

「要裝就裝像一點，哪有人垂死掙扎前還不忘把軟囊揹那麼緊的，是怎樣，裡面裝黃金喔？」

郝仁嘴邊戲謔的數落著，手也不忘繼續搖晃著躺在面前不再作聲的人。

「喂喂喂！夠了！你再演下去也沒人會給你門票錢，我看你就老老實實的起來……」

郝仁搭在對方身上的手掌突然感到襲來一股涼意，他才驚覺似乎真的有狀況。

「身體冰成這副模樣肯定演不出來，假半仙你該不會真的死在我面前了吧？」

當下郝仁再也無法管對方身上的汙垢汗臭味，一把將垂死的身體抱了起來，連同此人緊緊勾掛在肩上的軟布包也扛起。

好在郝仁身強力壯，兩人才能搬動的人體他一人就行。

「幫幫忙啊假半仙，你可千萬別在我面前掛掉嘿！」

郝仁使盡全力往美屍坊的方向邁開步伐狂奔，壓根沒注意到垂躺在他懷裡的人不著痕跡的動了動眼皮，微微動了下嘴角。

◆※◆※◆※◆

被誆了！

郝仁雙手環胸瞪視著客廳內相談甚歡的三人，他從餐廳拉來一張座椅，坐在離客廳有段距離的位置，左腳搭在矮櫃上不耐的抖動著，胸口燃燒的怒火一時間難以平息。

「黃師父，真是好久不見了。」方勤克起立微彎著上半身，替客人快要空的透明玻璃杯裡再斟了八分滿的紅色液體。

「哈哈！人相處過久容易產生嫌隙，但少了又會覺得思念。我們兩年沒見，再看到我不就格外欣喜是嗎？」

「說得好！」方勤克真心讚賞道，「師父總是對人生有不同的見解，每次和您談天使會對生活觀有了重新的體認。」

「哈哈！是這樣沒錯對吧？難怪你父親老是喜歡找我把酒言歡。不過他的酒量不如我，不知這兩年間有沒有加把勁練習，好趁這次的機會扳回一城。」

「啐！」方群發出冷哼，並舉起桌上的酒杯催促道：「少廢話！這次釀的楊梅酒好像進步了點，我看你肯定為此下了不少工夫。」

「人家說酒是越陳越香，兩年前遭你嫌棄的那批新釀酒，我繼續讓那幾罈在酒窖裡沉睡。看看它，經過長時間發酵醞釀，終於脫胎換骨，讓你稱讚一番了不是嗎？」

聞言，方群挑高眉頭，「你是在向我討個稱讚嗎？意指你這段雲遊四海的日子裡經過洗禮醞釀後，就好比這楊梅酒越陳越香？」

「哈哈！還是老哥厲害，讓我再好好敬你一杯。」

客廳內的氣氛越是融洽，郝仁的心裡越是覺得惱怒——

這群人說話拐彎抹角話中另有含意，用詞甚至有點拗口，以為在演古裝劇喔！

想到十分鐘前才發生的情況，他就恨不得向前，一把將茶几旁的矮櫃上那罈褐色的酒罈舉高，並一股腦將裡頭的液體全往那假半仙頭上倒去。

這人是不是有病？

想開玩笑也要懂得分寸！

雖然他郝仁平日也喜歡惡作劇，但攸關生死這類的戲碼他絕對不考慮，這玩笑太不道德了！

郝仁忿忿的在心裡抱怨著，怒意從鼻腔不斷的噴出。

當他氣喘吁吁的將奄奄一息的陌生人抱回美屍坊，心急如焚的情緒還糾結著，雙手因緊張和疲累而不自覺的抖顫，雙腳也因狂奔一段爬坡山路血液快速流動，僵硬的肌肉直至看到大門口有人的同時，才彷彿得到了救贖。他的心情稍微鬆懈，雙腿就襲來一陣痠軟而顛簸了下，差點沒把手上捧抱著的人摔了出去。

「阿仁，發生什麼事了？」

方勤克當時正在美屍坊後門外的籬笆處照料他親自栽種的香草，瞥見如疾風般飛掃而來的熟悉身影便走向前去。

「Tony哥……你、你……你看他……」郝仁上氣不接下氣的喘息著，一時間根本無法做言語表達。

「你救了人回來嗎？」方勤克見狀，合理的猜測道。

他低頭瞧看了下郝仁懷中的面孔，正巧原本緊閉雙眸的人驀地睜開眼，兩人對視著幾秒鐘後，方勤克著急的臉龐頓時轉為欣喜的笑顏。

「黃、黃師父！」

「嗨～」

「黃師父來了，我要快去把這天大的好消息告訴我父親。爸！」

方勤克彷彿瞬間年輕了十來歲，像個初出茅廬的年輕人般，一有好消息便想奔回家中嚷嚷。

「爸，你快下來！看看誰來了啊！」方勤克的吶喊響徹雲霄，一路傳進了美屍坊內。

眼前的景象讓郝仁狐疑的眨了眨眼。

他還搞不清楚究竟怎麼回事之際，躺在他懷中原本垂死的冰冷身體漸漸回復溫度。此人身體抖動了幾下，示意郝仁將他放下。

郝仁便傻愣愣的鬆手，目視著對方生龍活虎的矗立在地，雙手舉高，扭動著脖子鬆了鬆筋骨。

「啊～回到這裡真好。好山、好水、好空氣，還能搭免費的便車上山頂，我想我應該常回來的。」假半仙朝郝仁眨了個眼，「走吧，我們也進去。」

郝仁愣在一旁，急促的喘息慢慢的緩和了下來，他思索著五秒前朝他眨眼的臉，腦海不斷迴盪著那番刺耳的話語——

還能搭免費的便車上山頂！

還能搭免費的便車上山頂！

還能搭免費的便車上山頂！

「靠！把人當交通工具，我是牛還馬啊，有沒有水準咧！」郝仁回想方才的情景不悅的低咒著。

方群瞥眼見坐在餐廳面向他們、不斷抖腳生悶氣的身影，開口叫喚道：「要不要過來喝一杯，雖然你這小子哪怕一杯啤酒就臉紅手心紅。」

「哼！」郝仁刻意將目光轉向窗戶，沒心情回嘴。

「黃師父，您不是每四年才會回來一趟？算一算才沒兩年的時間，是不是有什麼特別的事？」

「是啊，我怎麼會半途而廢呢！逍遙的雲遊四海，此謂人間不可多得的幸福，若能有美酒和友人相伴，那簡直就是比升天還要歡喜。緣分有時是天注定，這世上有因必有果，你不相信佛，卻不能不信因果。」

黃師父妙語如珠，認識他的人都見識過，他說話總是語帶玄機，有時聽來無意，但細細回味卻能悟出一番道理。

「對了，那位身強力壯的施主，你們說他名叫『好郎』對吧？」黃師父啜了一口美酒，這才將視線轉往瞪視著他的目光。

「黃師父，是『郝仁』，我們平常都習慣叫他阿仁。」方勤克笑著回答。

「好個好人啊……」黃師父點頭讚賞著，「這個年輕人前途不可限量！見緊急狀況沒有避開，還能不畏恐懼抱著幾乎沒有心跳呼吸的人，這等人才難怪會出現在美屍坊。」

「哼！還有臉在那邊說笑，你要不要跟我去醫院驗傷，看我膽子有沒有被嚇破。」郝仁舌尖舔了下右側口腔內壁，一臉不滿的樣子，「你湊合著看要賠我多少醫藥費！太多我也不便收下，太少也太昧著良心。」

「嗯……」這話讓黃師父不斷的搖頭晃腦，滿心的喜悅讚嘆：「這世間少見真性情的人啊，若能有幸碰上一位，那是前世修來的福分。對了，你說你叫好郎是嗎？」

「最好我有那麼白爛的名字啦！我姓郝名仁，你就乾脆叫我阿仁比較快……」郝仁想了想覺得不妥，「或者你直接喊我白痴笨蛋不是更好？被人家誆還傻傻的跑一大段路，以為你這假半仙可能死在我面前，差點嚇到屁滾尿流。你這人倒像什麼事都沒發生過，在那邊好命的喝酒……」

「阿仁，對長輩禮貌點。」方勤克忍不住開口打斷這一連串充滿敵意的話，「我不知道你們之間發生什麼事，但不可以這樣無禮。」

「拜託鮈 Tony 哥，你都不知道這個假半仙對我做了些什麼。先是假裝算命師在那邊拐彎抹角罵我是畜牲，剛剛又在那邊裝死害我抱著他狂奔，還有那該死的一大罈什麼楊梅酒，進門前又在那邊冷言冷語說我是免費的便車……」

「阿仁，來者是客，你不能……」

黃師父搖頭微笑，舉起手示意方勤克閉口，「哈哈！無妨。」

「黃師父，阿仁這孩子雖然說話直了點，但其實心地善良。」

「看得出來，直腸子的性格沒啥不好，我就欣賞他這個樣子。」

「哼！少來這套！你就直說我粗魯沒社會化……不要表面稱讚，其實背後偷偷笑我是笨蛋。」

郝仁驀然起身用腳將椅子推回原處，雙手插在褲袋內故作瀟灑模樣。

「好了，懶得跟你計較！」他踏步穿越客廳，絲毫沒有停留的意思，直挺挺的往樓梯的方向走去，「算我衰好了，去打電動消消火。」

「等等！你身體目前有沒有上火的感覺？」

「哈哈！」郝仁怒極反笑，這句問話讓原本一度控制下來的怒火直往頭頂竄燒，他轉身加快步伐往問話的人走去，一把揪住對方的衣領，將對方坐著的身體高舉，「你這笑話夠好笑，問我有沒有上火嗎？」

「阿仁！」方勤克見狀，立刻上前欲阻擋，卻遭身旁一股力道牽制著，他轉頭疑惑的問：「爸？」

他不懂為何父親坐在沙發上不動聲色，明明眼前可能即將上演暴力事件，卻彷彿像是隔岸觀火的旁觀者，靜靜的啜飲著美酒。

「那麼現在呢？青筋直冒，全身力量滙集至雙手，漸漸的蔓延到了指尖？」

「你這算命師假扮不夠當死人，現在又轉行當中醫了是嗎？」

郝仁被對方挑釁的話語激得動怒，右手跟著高舉拳頭握緊，在即將失去理性準備揮拳之際，貼在左眼皮的眼罩無預警的被拉開撐到極致，然後咻的往回彈。

「靠！」

一連串的咒罵聲四起，郝仁鬆手將高舉的人放掉，敏感的眼部周圍肌膚因眼罩回彈的力道刺痛著，待他回神，一把怒火簡直要將他自己燒得毀滅。

「你這瘋子他媽欠揍是吧？」他奮力扯下眼罩，怒意讓他渾身肌肉繃緊，火熱的怒意從胸口燃燒蔓延至全身，更直直的衝向眼底，「老虎不發威你當我病貓！不把你打成廢物我就不叫……」

郝仁準備衝向前去洩恨，卻在千鈞一髮之際被兩道激動的叫喚聲拉回了理智。

「阿仁！你、你的眼睛！」方勤克為了眼前突如其來的景象大喊著，雖然他曾見過幾次，但每次看到依然為之震撼。

「臭小子，你的法力回來了！」方群更是興奮的跳到茶几上與高大的郝仁平視，方便檢視那隻才兩個月不見，卻彷彿一輩子不見的神奇眼睛。

「什、什麼意思？」聽他們這麼一說，郝仁愕然頓住步伐，冷靜下來細細感受此刻身體異樣的變化。

他發覺一股熟悉的力量自胸口蔓延開來，渾身上下注入無法言喻的勁道，特別是他的左眼，就像往常準備誠心的為死者安魂時那般充血緊繃著……

——難、難道？

郝仁緩緩的伸手撫摸著許久不敢觸碰的紅眼，感受那突起且圓滑的觸感，胸口動盪的顫抖著。

忽然間他大動作的邁開步伐往玄關的方向走去，雙手推開掛著大衣的櫃門，一時間害怕的垂下視線不敢面對。

待他深深吸了一口氣，終於才慢慢鼓起勇氣抬眼面對鏡中的自己。

紅眼起死回生了！

郝仁看著鏡中的景象，鼻腔襲來一陣溫熱。凸出的紅眼球像寶石般閃爍著，晶亮的光芒著實刺眼卻教他絲毫捨不得閉起。

「哈哈！老頭你看！我又能開始接案賺錢，紅眼怪客團的團長回來了！最重要的是我不用被趕出美屍坊，哈哈……好險，差一點要再去公園當流浪漢咧！」

他的欣喜感染了在場的每一個人。

郝仁愛不釋手的來回撫摸凸出的左眼，盯著鏡中瞧看的目光熱烈到彷彿要穿透鏡面。

「看這小子得意成那副德性……腳抓地抓穩點，否則一不小心飛上天。」方群開口戲謔的說著，語氣充滿了壓抑不住的欣喜。

「真想讓馬克看看，可惜他去參加什麼頂級超跑進駐的剪綵活動，要到晚上才回來。還有馨萍姐，對了！我上去闖她房門。」

郝仁念頭一轉立刻往樓梯的方向跑去，卻因方勤克的話頓住了步伐。

「萍萍在你帶黃師父回來前就已經先出門了。」

「蛤？」這消息讓郝仁一陣錯愕，「她平日這個時間應該還賴在床上睡覺的，怎麼會突然出去了？本來還想跟她分享咧。」

郝仁扼腕的嘆了口氣，但這小小的遺憾破壞不了此刻的大好心情。他滿心喜悅的吹著口哨走向客廳，一屁股坐在他向來最愛霸占的單人沙發座椅，壓根忘了方才一度讓他惱怒到極點的事件。

「方，怎麼？這錢花得還算值得？」

「咳！」這突兀的問話讓方群被口水嗆了下，「嗯。」

「那就好……那就好……」

站在一旁聆聽兩人對話的方勤克微蹙了下眉頭。雖然以前他聽過這對不常相見卻意外投緣的摯友對話，但每回都聽得一頭霧水，兩人說話從不用直白的字眼，即便每個字他都聽得懂，可卻又無法參透他們對話的內容。不過，他總是很喜歡猜測著其中含意，像是參加某種挑戰猜謎的遊戲。

「聽黃師父話的意思是說，通常您四年才回來一次，這次難得打破慣例提早回來，是因為我父親的關係？」

「你說是吧，方？」黃師父沒有接回答，但意思非常明顯了。

「可是爸爸你要如何聯絡黃師父，請他回來？」這下讓方勤克更是納悶，「黃師父他不用手機，更別提上網收信。只要出去雲遊四海，別說想要找到黃師父行蹤了，想要和他對話根本是天方夜譚，除非……對了！除非《靈報》！」

他知道這兩位摯友有個共同的話題就是《靈報》，這份世間少數人能夠訂閱的神秘報紙，他們很巧的都是訂購者。

「一點就通！方，你的兒子越來越有慧根。」

「哈，感謝黃師父稱讚，讓我越來越有信心了。」方勤克雙眼晶亮。這番有慧根的讚美聽進耳裡，激起了方勤克繼續往下猜測的動力。他撫了撫額頭閉起眼眸，時而側頭思考，這詭異的沉默氣氛讓郝仁也漸漸的從自我陶醉中抽離。

郝仁心裡嘀咕著：這些人到底在打什麼啞謎？

「我先合理的猜測一下……」方勤克再度開口，「阿仁說他兩次遇到黃師父，說是巧合又像是刻意的安排。」

「蛤？真的假的？」郝仁為此說法感到狐疑，「你是說假半仙臭成這副模樣是裝的？還有他大玩cosplay，一下當算命師，一會兒躺在地上裝死，這些鳥事都是計畫中？」

「雲遊四海的魅力遠不及世上難得的摯友邀請，你說是吧？」黃師父不著邊際的回答，間接承認了郝仁說的是事實。

「哈！這次我終於猜對了。」方勤克拍掌叫好，畢竟他以往在旁聆聽兩人對話，越是聽不懂就越想要猜測，可答對的卻是寥寥可數，「若父親沒有透過《靈報》刊登尋人啟事，黃師父也不會緊急的趕回來了。」

「《靈報》有刊登尋人啟事？我怎麼從來沒發現過……」郝仁快速的搜尋腦海裡的畫

面，疑惑的問道：「哪一期？是這一期的嗎？」

「當然。不然你這小子以為哪一期？」方群開口啐道。

「怪了！這一期的《靈報》五天前出刊，我每一版都認真看過了，怎麼沒注意到有什麼尋人啟事？」郝仁搔了搔頭，覺得納悶。

他是那種即便明天要考試，也不會把放了一個學期幾乎沒翻過的課本拿出來臨時抱佛腳的人，但每當《靈報》出刊輪到他手上時，他可以毫不猶豫捨棄玩得正盡興的遊戲或者看到正精采的漫畫，仔細研讀《靈報》的內容。

「你這小子不是說把《靈報》讀到幾乎要背起來了？我就說你說謊話不打草稿，說話的內容要打三折。」

「你這老頭說話才要打一折咧！不相信的話你可以出問題考我啊，看我有沒有讀到幾乎背起來。」這番質疑讓郝仁心生不爽。

一旦《靈報》到了郝仁手上，那簡直是被他一人獨霸，他可以帶著報紙進廁所裡蹲，連他最愛的用餐時間也要繼續翻閱，如果《靈報》能夠做成防水材質，那他可能會考慮把它一同帶進去淋浴。

「如果你真的有認真看的話——」方群立刻就方才的話題追問：「應該不會沒發現這期《靈報》頭版的右上角，有顯眼的三個大字吧？」

「頭版顯眼的三個大字……這麼說好像真有這麼回事，等等！哪是三個字啦，是兩個大字中間有一個逗點吧。哈哈！很抱歉，我超有印象的……」郝仁雙手扠腰，極有信心的說出答案：「你說的三個字還用顯眼的鮮黃字體，寫的是黃、逗點、急，對吧？」

「嗯哼，你這小子還真有心研究《靈報》，看來我們紅眼怪客團會越來越有出息。」

方群頻頻點頭，對於郝仁看重他們接案工作的重要訊息來源感到非常滿意。

「那當然，好歹我也是個團長，不努力一點什麼時候被轟出美屍坊都不知道咧！」郝仁口氣涼涼的意有所指，心裡仍記恨著幾天前早餐時間他撞見的對話。

「哈！這臭小子心眼那麼小，將來如何成大器嘛？」

「懶得跟你計較啦！不過老頭，你在《靈報》上刊登黃逗點急，還選用刺眼的鮮黃色，是想幹嘛？」

「怎麼，顏色顯眼得令人難以忽視，對吧？」

方勤克也忍不住提出疑問：「黃師父，有關這點我也很好奇，您會出現赴約，代表您看得懂我父親登報內容的意思？」

「簡單明瞭，不浪費版面。」黃師父肯定的說著，他撫了撫頸部，方才衣領被這麼用力一揪，倒是覺得有些微疼感。

「黃，急！光這兩個字看得懂才有鬼咧！」

「喔，我懂了！」方勤克想了想，忽然想通了，「黃師父和父親兩人對彼此的稱呼簡潔有力，直接以姓稱呼對方，所以內容意指——黃師父，找你有急事。」

「哎呀～方，我就說你的兒子越來越有慧根了。」黃師父朝方群舉杯。

「可不是嗎？哈哈！」方群欣喜回敬。

聞言，郝仁覺得不以為然，「是喔，這麼省字是要幹嘛，又不是猜謎！要是有急事用這方法找我，我肯定會因為不瞭就錯過！老頭，你就不能多寫一點線索嗎？比如說『黃師父，麻煩有急事請速回』，然後不忘署名，否則對方不小心錯過就不好。假如版面允許的話，字裡行間再加幾句感謝或感恩之類的字眼，搞不好原本不想搭理的人看了也會心想，既然人家都拜託請我回去，那我也只好勉強回去了。」

「感恩你的頭！」方群將酒杯往茶几上用力一放，「要不要乾脆再附上一則文情並茂的詩詞好了?你這臭小子知道光刊登那兩個字加上個逗點，花了我多少錢嗎?」

郝仁搖了搖頭，「誰知道要怎麼算，我又沒開過報社。但是《靈報》這玩意畢竟罕見，若以字數來計算的話……這樣好不好，算它一字一萬元，加起來一共兩萬元整，夠多了吧?」

「照你的算法一字一萬元的話，那也得拿出三萬。」

「蛤?」郝仁錯愕的張大嘴巴，「逗點也要錢喔?《靈報》要不乾脆去搶銀行比較快!老頭你就直接公布金額，看你聽到我說的價格感覺很不以為然。」

「上回幸福島接的那個案子，我將拿到的獎金從我帳戶直接等分為四匯給你們，當時你看到戶頭的金額覺得還行嗎?」

「行行行，怎麼不行呢!」郝仁搓了搓手掌，「那是我第一次跟著你接案，龐大的數字讓我當場下巴差點沒掉下來，心裡爽到整夜幾乎都沒睡。」

「你分到的那筆錢，恰好能夠在《靈報》頭條上刊登一個字。」方群想到付出的錢，心裡仍在淌血，不過好在成果讓他滿意。

「蛤!真的假的!」郝仁激動的伸出食指比出數字，「一、一個字而已喔!那就黃、急再加逗點也算的話共三個字，不就要花上整整三倍的金額？」

「嗯哼，你算術還不賴嘛。」

「要我拿出這些錢只為了登報找人，我肯定會吐血吐到死！」郝仁生動的做出吐血的模樣。

黃師父悠閒的坐在三人沙發座的左側，靜靜聆聽這一整段的對話，心想好的文章若能起、承、轉、合，這個流程感覺才夠完整。起、承的部分做得還不賴，那麼該是轉個彎的時候了。

他咧嘴而笑，突然選在恰好的時機開口——

「不過你們不好奇，有什麼事值得讓方花大筆錢把我請回來嗎？」

「沒錯，以老頭這個鐵石心腸、鐵公雞性格的人，肯願意割捨他的心頭肉，肯定有什麼超級重大事件。」

黃師父就這點繼續加油添醋，「換句話說，若是為了誰而特地把我請回來……方若不是為自己而是為了某人，那麼方肯定很愛那個人。」

聞言，方群被口水嗆了下，「咳！說真的，其實沒那麼愛。」

「哈哈！被老頭愛的人肯定是個衰鬼！」郝仁嘻嘻哈哈的笑著訴說：「不過說真的，老頭該不會是因為我使不出法力、孬到不行的這段時日讓他看不下去，所以不得不請出殺手鐧來，就是要讓我重振雄風……你們看，我這故事編得不賴吧？」

「沒錯，父親看到阿仁最近失魂落魄的模樣覺得這樣下去不行，所以就在《靈報》上刊登請黃師父回來的訊息，希望點子多的黃師父能夠幫忙想辦法，幫助我們阿仁回復往日意氣風發的模樣。」

郝仁以為這番話會遭來方群的一陣訕笑，但只見他彆扭的努了努嘴，眼神閃爍且眨了又眨，然後是一陣尷尬的乾咳。

「咳！」

郝仁驀然跳起身大喊：「老頭！原來你真的愛我！」

「誰愛你這臭小子！我只是怕你從此一蹶不振，若要多包攬《靈報》上所刊登的案子，還得藉助你的法力。花這筆大錢雖然心痛，但重要的是你找回信心後，我們才能夠再外出海撈一筆。」

「少來了！愛我就說嘛～」郝仁一把將方群勾來抱在懷裡，「哼！還在那邊裝得凶神惡煞想要趕我出門，其實背後默默的想盡辦法要助我一臂之力是吧！你這老頭就是心口不一。」

「放開我！」方群奮力掙脫，矮小的身軀跳離開箝制住他的力道，「總之你恢復實力了，馬克那小子最近從電視媒體海撈了不少，我們輸人不輸陣，別到時候讓他追上了。」

「OK！把《靈報》上能賺大錢的案子全囊括下來，衝啊——」郝仁被方群的話鼓舞了一番，他舉高右手使力向前一揮吆喝，恨不得現在就出門接案去。

正當氣氛活絡熱烈時，黃師父放下酒杯，臉頰通紅的他幽幽的說出了爆炸性的言論。

「我說好郎……」

「是阿仁、阿仁！」

「阿仁，你有發覺自己的身體裡住著另一個人嗎？」

NO.5 誰都不准碰他

「什麼！我耳朵有出問題嗎？」郝仁伸手掏了掏右耳確認，「你說我的身體裡住著另外一個人，這哪招？」

「一般活著的人，頭頂周圍會散發出肉眼無法看見的色調，那是綜合了體溫、性格以及種種因素而形成的光澤。簡單來說，女性的顏色偏暖調，而男性則偏冷色系。」

「真的假的！我們頭頂上有散發光芒喔？假半仙你幫我看看我有摸到嗎？」郝仁好奇的舉手在頭頂上空抓。

方群忍不住向前凌空跳起，往郝仁的頭部拍擊了一下，「你這小子是不是腦袋有問題？現在的重點是顏色嗎？你身體裡竟然住著另一個人，這才是你應該煩惱的情況吧！」

「好吧！既然老頭都開口了……」郝仁翻了翻白眼，繼續說下去：「我是念在黃師父是你朋友，況且又花了大筆銀兩登《靈報》請回來，所以咬牙忍住不飆髒話。我的身體我自己最清楚，什麼裡頭住著另一個人，那麼擠我會沒感覺嗎？」

黃師父沒有針對郝仁的質疑回答，靈活的目光在他身上來回打轉。

「你還記得我們第一次見面時，我說了什麼話嗎？」

「第一次見面……」郝仁思考了下，「喔，就幾天前你假扮成算命師那次，你說了一堆啊，什麼我非人類、是畜牲級的。」

「你記得的只有這些？」

郝仁嘖了一聲，「你這假半仙說話拐彎抹角，不能直截了當的說出來嗎？總喜歡在那邊玩猜謎遊戲……沒人跟你提過跟你聊天很累？」

「我最近看了篇醫學期刊，內容說明要時常動動頭腦，回想記憶有助於思緒活絡，才能延緩失智的現象發生。」黃師父笑道。

「失智？這是你和老頭這等年紀的人才比較容易好嗎！我才十八歲就開始要延緩失智，這話說出去不笑掉人家大牙才怪。」

郝仁戲謔的說著，卻見對方似笑非笑的望著他，彷彿仍在等待答案。

「嘖！就是不肯自己說了對吧……」

郝仁搔了搔頭抬眼思考，急性子的他就是不喜歡拖拉，對方不說，他也只好自個兒動腦回想。

「那時我以為自己看到了一頭熊，走近才發現是個白痴在荒郊野外假扮算命師，然後那傢伙不斷嚷嚷著免費算命……但我懶得理……再來是……對了！會不會是這個──『施主，我看你印堂有異象，眉宇間似乎還散發出陰氣』。」

「記憶力驚人，你可一字不漏的說出我當時說的話。現在我清楚感覺到你的身邊有另一道靈魂存在！」

聞言，郝仁露出不以為然的表情，「雖然說假半仙你幫助我找回法力這點，我實在很感激，但你說我身體裡住著其他人，這我就不會買帳了。怎樣？我是無感還什麼的，身體裡住著其他人我會沒知覺？」

方勤克深怕郝仁說話一向直白且俠氣的態度會觸怒黃師父，於是趕緊跳出來做圓滑的中間人，「是啊，黃師父，阿仁會這麼說並不是質疑你。他本身有特殊體質，能夠和往生的人對話；另外，他從小便有陰陽眼，所以若是有一道魂魄在他身旁打轉，他應該比誰都早發現才是。」

黃師父捏了捏鼻頭，再問：「那麼，你要不要再想想看，最近的生活有沒有出現什麼怪異現象？」

「最近生活裡的怪事……就是遇到你這假半仙最怪啊！也不知道幾百年沒洗澡，臭到我鼻子發癢，要不是我們美屍坊裡有特殊強力的清淨濾淨器，否則你以為他們喝得下你帶來的楊梅酒喔。」

「阿仁，其實回想起來，你不覺得黃師父說的話不無可能？」方勤克倒是開始認同起黃師父的說法。

「這話怎麼說？」

「你不是好一陣子每天起床後，老是在抱怨口腔裡有咖啡的味道？」

「沒錯！我一直在懷疑到底誰在惡作劇，明明知道我討厭苦味，老是趁我睡覺時灌我咖啡，或者其實我最近有夢遊的習慣，只是自己不知道而已。」

方勤克繼續再提出下一個疑慮：「另外，你最近不也常常收到莫名的物品，比如說前幾天送來的大床，中古世紀的古董大型鐘，還有今天早上送來的一匹優越的駿馬。」

「馬？我何時買馬？這年頭需要馬幹嘛？我又不吃馬肉！」

「早上你出門不在，萍萍代為簽收，那匹黑色的駿馬現在暫時綁在後花園涼亭旁……如果照你說的，這些東西都並非你親自下訂單，但卻是從你銀行的帳號扣款，代表著另一個人幫你做了這些事？」

這種種事件若是單獨發生，雖然令人感到狐疑，但很快的便會不再繼續多想。可是，一旦把這些事件連貫下來，真的就覺得事有蹊蹺。

「現在想想不無可能，我沒跟你們提過的是，當時我和馬克參加貝兒卡小姐的公祭時，耳邊傳來清楚的男人聲音……」

郝仁還記得那兩句話。當時他正在和馬克討論、替貝兒卡感到不平時，突然耳邊出現一道低沉且激動的嗓音——

我認為沒必要！

並非所有做錯事的人都能夠被原諒，你是好人但不該當爛好人！

「Tony哥，這麼說來，假半仙說的話可能是真的了。」郝仁不得不相信黃師父的說法，但他還是有點質疑，「不過為什麼我會沒感覺？這太不合理了。」

黃師父喝了口酒，說：「坊間的小說電影時常有鬼魂附身在人體的劇情出現，但實際的情況是不大可能。戲嘛，講求精采。」

「不過黃師父，您說的這些在我認識阿仁之前絕對認同；但我們美屍坊的成員全都見識過亡者的魂魄附在阿仁身上，那情景實在駭人，就算要做假演戲都很難演出來。」方勤克解釋著。

「所以我之前跟阿仁說過了，他的手相有別於旁人，他有獸類的手相。」

「又來了！Tony哥你說我怎麼對他客氣？他這假半仙開口閉口就是想拐彎抹角罵我！我郝仁是野獸的話，你就是恐龍！」

黃師父似乎不怎麼在意惡言，繼續說明下去：「這世間奇妙在於並非所有事都是非黑即白，雖然輪迴存在著定律，卻難免偏軌。我在想或許是阿仁具有特殊體質，才能讓人界的化身任由靈界的魂魄進駐。」

「到底在說些什麼東東啦，很難懂咧！」

方群沉默了好一陣子後終於開口：「黃，有辦法嗎？」

「總得試試看對吧！」

黃師父伸手從上衣的暗袋中掏出一張黃色長條的紙符，紙符上面的咒語是用紅色硃砂所寫的。

「等等！你想幹嘛？」郝仁防備著朝他走近的人影，「喂喂喂！你這人懂不懂程序？你拿著符咒走向我之前不是應該先跟我解釋一下你的目的？總不能本人什麼都搞不懂，就被你下咒語害死或什麼的吧！」

方群見郝仁不斷後退，於是開口勸說：「阿仁，不要像個女人一樣扭扭捏捏，黃師父有他一套本事，你讓他幫你。」

「你才扭扭捏捏咧！有人拿著看起來邪門的玩意靠近，還會傻傻站在原地不動的只有白痴OK？你跟假半仙是摯友，但我跟他可沒親沒故的，誰知道他會不會臨時起了邪念想要害死人！」

「要害死你，早在我們第一次見面就能下手。我現在要做的是看看能否叫喚出你身體裡的另一位。」

見對方停下步伐，郝仁也就沒繼續往後退。

「承諾並不代表結果一定如願，但只要起了因，必定會出現果。我的能力到達何種境界不得而知，但能夠結緣，冥冥中就注定著其結必定有解開之處。」黃師父緩緩說著。

「誰聽得懂你在那邊繞口令咧？好吧！既然我也覺得身體出現異狀，也想確認到底是何種怪物強占我的身體，OK，能的話直接幫我把它消滅，省得那怪物哪天突然發威，成功搶走這身體我不就完蛋了！」

郝仁下定決心放手讓黃師父替他解決，於是主動向前靠近，並拉了張椅子坐下，但還是忍不住毒舌。

「物以類聚是不是這樣用的?你們會當摯友多少跟身高有點關係吧，去哪裡找你們這類矮個子的人，你們根本是從小人國逃出來的對吧，哈哈!」

「阿仁!」方勤克開口打斷郝仁批評的話，但逗趣的說法還是讓他忍不住雙眉飛揚。

「真的啊，你們身高有一五〇嗎?下面的空氣有沒有比較汙濁?」

聞言，方群走過去賞了郝仁的頭顱一記，「閉嘴!你這臭小子不說話，沒人當你是啞巴!」

「老頭!你把我的頭當鼓打，以為我不會痛喔!」郝仁搔了搔發麻的頭皮大吼。

「好了，讓我先把符咒貼上。」黃師父將紙符的背面往口裡沾了沾，然後往郝仁的上衣貼去。

「噁爛咧!我看只有你這髒兮兮的流浪漢口水才這麼黏稠，你口水是糨糊還是膠水?竟然還真黏得起來。」他低眼瞧了下浮貼在他T恤上的黃色長條符咒。

「現在請你閉上眼睛。」黃師父交代道。

「OK!這簡單。」郝仁順著話將眼皮乖乖闔上。

「那麼我要開始作法了。」

黃師父又從褲袋內掏出一只小巧的葫蘆罐子，拔開上頭的木塞後，將紅色硃砂粉倒了一點在右掌心上。

郝仁偷偷睜開眼，「喔，假半仙是左撇子啊！」

「阿仁，專心點。」方勤克朝郝仁比出安靜的手勢。

「好啦！」郝仁再次閉上眼。

接著，黃師父握緊右掌心不斷的搓揉，手汗濡溼了硃砂粉。他再次將右掌心攤開，左手指劃過右掌沾上朱紅的色彩後，便襲向郝仁的額際。

郝仁感受到額間的觸感和溫度，忍不住跟著起鬨：「殺死它！把它徹底消滅趕出我的身體，GO～GO～GO！」

黃師父作法的儀式啟動，還沒完成之際卻遭到突如其來的打擾。

「你們在幹嘛？誰都不准碰他！」

方馨萍才剛進家門，正好瞧見黃師父手沾了硃砂，在郝仁的額間畫了不知名的符咒。她心抽痛了下，飛快的跑向前去，接著黃師父的手和身體卻莫名僵住，食指往下滑到郝仁的鼻梁間，就這麼停止不動。

「萍萍，妳做了什麼？」

「我才要問黃師父想要對他做些什麼！」

她情急之下隨手從口袋中掏出如釘子般大小的物體，那樣物體從上往下一按便會露出細針，此時此刻細針插進了一公分的長度進入黃師父肩頸處。

「萍萍，放開黃師父！」方勤克握住女兒的手腕，擔心會發生憾事。

「沒有我的允許誰都不准傷害他！這支針前半段具有暫時麻醉效果，但只要繼續往內深入，針頭的後半段是致命的劇毒！」

「萍萍有話好說，妳先把針拔出來！」方群也加入勸說行列，他摯友深陷困境，但動手的人又是他的寶貝孫女，感覺非常矛盾。

黃師父身體無法動彈，但知覺卻格外清晰，他眼球往右動了動，看著右肩上可能奪走他性命的凶器，心驚的冷汗自額際不斷冒出。

「唉！又多了位跟老頭一樣愛我的人。哇靠！我郝仁最近犯桃花啊，什麼人都愛我。」

郝仁驕傲的抖了抖肩，頸部左右搖擺發出喀咖聲響，壓根沒有嗅出此刻緊張的氛圍。他用保證的語氣說明著，並拍了拍方馨萍的肩，「安啦馨萍姐，黃師父沒有要害我的意思，只是他懷疑我的身體裡住著另外一位，所以想說要幫忙！剛剛已經在我身上貼了符咒，妳瞧瞧……」

他挺起胸膛展示，還比了個「讚」的手勢，「搞不好符咒已經奏效，我身體裡的怪物說不定已經徹底被解決掉了！」

「解、解決？」聞言，方馨萍立刻放下手邊的武器。

當下方群立刻動手拔掉淺淺插在黃師父身上的針，才一拔出，黃師父便奪回控制自己身體的能力。

他恐懼的看著前方著急的娉婷身影，嚇得趕緊飛快奪門而出。

「那個……」方群伸手，還來不及道歉，就只能望著摯友難得踉蹌的身影，沒兩秒時間便消失在大門邊。

方馨萍顧不得人質離去，只是著急的向前捧住郝仁的臉龐，深深看著他的雙眼，彷彿要穿越他的靈魂一樣。

「你、你還好嗎？」

「好得不得了！幹、幹嘛靠那麼近，我不是跟妳重申很多次我們之間不可能，妳不是我的菜OK？」

「向我保證我還會再見到你，對吧？」

「只要老頭不把我逐出家門，妳呢心情好願意出房門，基本上我們幾乎是能夠天天見面的。等等！妳這冷血的傢伙在哭喔？」

「我好擔心你……你知道嗎？」

「喂喂喂！馨萍姐……」郝仁伸手在面對面的兩人間揮了揮。

「馨萍，我沒事。」

忽然一陣空靈的低喊傳入郝仁耳際，讓他嚇得大吼了聲：「喂！你們有沒有聽到？」

「他說了什麼嗎？」方馨萍急著問。

「就是這個詭異的聲音！我參加貝兒卡公祭時，耳邊傳來的就是這個人的聲音！」

「阿仁，快點告訴我你聽到了什麼？」

「知道了啦！是誰的身體激動成這副模樣咧？他說：『馨萍，我沒事。』」

聞言，方馨萍垂下緊繃的肩膀，彷彿得到了救贖，她喃喃的低語著：「還好……沒事就好……」

方群早一步提出在場所有人的疑問：「所以萍萍，妳已經比我們都早一步認識住在阿仁身體裡的那位，對嗎？」

「嗯。」方馨萍輕輕點頭，看著郝仁的雙眸有股無法掩飾的迷戀。

「我看豈止是認識，妳根本是哈那人哈得要死！」方馨萍的眼神讓郝仁身體起了雞皮疙瘩，「你們何時見面？又背著我偷偷做了什麼事？」

「萍萍，妳對黃師父做了什麼？他剛才怎麼動也不動？」方勤克提出疑問。

「Tony哥，那不是重點吧？」

「黃師父已經離開，我得先確認他不會有事。」

方馨萍解釋：「我剛才緊急將麻醉細針刺進他頸部，放心！他不會有事，待針在他體內融化便會隨血液排掉，那對身體是無任何副作用的。」

方勤克聞言鬆了口氣，「唉……黃師父沒事那就好。」

雖然得知黃師父沒事，但方勤克臉上的表情並沒有因此舒展開來，因為眼前他心愛女兒的事情似乎更為棘手。無論如何，他都不願見到從小在他無微不至的保護下成長的寶貝難過，他不見得是好父親，但從以前到現在他都盡全力不讓她受到一點傷害。

「馨萍姐，妳有的是時間可以好好跟我們解釋到底怎麼一回事，我倒要聽聽看妳跟我身體裡的小偷進展到什麼程度。想到我就雞皮疙瘩掉滿地，我就說最近老是抓到妳在偷偷看我。」

「阿仁，我對你免疫，放心。」

「知道啦！妳以為我願意喔……也不看看自己的個性，被妳偷看我並不覺得榮幸！乾脆我再去請黃師父來，拜託他立刻消滅掉不知何時偷偷闖入我身體裡的小偷，就像打死蟑螂一樣——喀擦！」

「除了麻醉針之外，我這裡也有那種讓人從此不再醒來的玩意……」方馨萍將手伸進口袋內。

「冷靜冷靜！妳知道我這人沒啥專長，就是喜歡開開玩笑！」郝仁壓住方馨萍欲抽出口袋的手，「不用拿出來什麼嚇人的法寶，我們沒人想挑戰妳專業醫療的權威嘿！」

「那好吧，我累了想上樓休息，一切等晚餐時間再談好嗎？」

「喂！這樣就好囉？至少先講清楚再……」

郝仁的叫喚被方群打斷。

「給她一點時間。」

◆※◆※◆※◆

入夜的美屍坊恢復靜謐，然而空氣裡似乎瀰漫一股不尋常的氣氛。

馬克躺在大床上翻覆著睡不著覺，他嘆了口氣從柔軟的薄被中離開，起身露出堪稱完美比例的裸身，接著順手拿起矮櫃上的黑色睡袍套上。

他下樓至餐廳想要泡點熱茶喝，卻意外瞥見一道出現在廚房內熟悉的身影。

「你是……阿仁？」

「幹嘛，懷疑喔？」郝仁不以為意的挑高一邊濃眉，就著說明書操作著面前的咖啡機。

馬克揚起嘴角，莞爾道：「因為從樓上就聞到咖啡的香味，我還在想是誰半夜喝咖啡。看到是你，我覺得很不可思議，我們都知道你一向不喝咖啡的。」

今天下午馬克出席了一場代言活動，回家時大夥兒都已經坐在餐廳裡，餐桌上沒有往日撲鼻而來的美食香氣，氣氛異樣到了極點，於是他沒有像前幾次那樣先上樓換居家服，只是至洗手檯清潔了下手部肌膚，然後回到他的位置上。

就這樣他毫無心理準備的，聽到了一連串不可思議的事件……

「我是不喝咖啡沒錯，但為了提神醒腦，不喜歡也得想法子灌下去。」郝仁一手捏住鼻子，另一手舉高咖啡杯，就這樣一鼓作氣咕嚕咕嚕的將黑色液體滑入喉頭。

「嗯……這東西到底哪裡吸引人？滿街到處人手一杯。我看它提神醒腦的原因是苦，根本是在吃藥嘛。」

馬克看著郝仁掐住喉頭痛苦的誇張模樣搖了搖頭，沒見過有人這麼排斥咖啡。

「我想大家都是中了它香味的癮，當人忙了一天感到疲累，來上一杯咖啡，就會有種身心被撫慰的溫暖感；當你遇到開心的事來上一杯，香氣瀰漫在空氣中，會感覺有種得到鼓勵和認同的清爽感。」

「不愧是當帥哥的料，光一杯咖啡就能講出扣人心弦的話語，講到連我都要喜歡上它了。喏，這杯給你！」

機器沖泡的聲音停止後，郝仁把斟了八分滿黑色液體的瓷杯遞了過去。

「我已經一連灌了五杯，再喝下去我肯定要吐血！」

「謝啦！」馬克接下咖啡杯。

原本他下樓來想找一些茶飲，方勤克公司最近開始販賣一些安神的飲品，但聞到咖啡香，他還是忍不住想要品嘗。

「管它是不是什麼療癒類的玩意，我呢只求它幫助我一夜不睡，省得身體遭小偷趁虛而入。」郝仁自顧自的說著。

聞言，馬克暫時將咖啡杯擱在吧檯上，終於了解自己方才無法入睡的最大原因。

「阿仁，雖然你是自己身體的主人，得知被人侵犯，感覺鐵定不好受……其實晚餐時聽了大家的說法後，我一直不斷思考著，剛才在床上翻來覆去就是睡不著，你有沒有想過……」

「等等，麻煩你先看看她。」郝仁沒好氣的翻了翻白眼，並揚了揚下巴示意往露臺的方向看去。

馬克看郝仁無奈的表情感到奇怪，便順著將目光轉向露臺。

「馨萍？」

他剛下樓經過時並未注意到露臺有人，只是半夜時分，她獨自坐在外頭不怕著涼嗎？

「我去請她進來。」

馬克才準備踏出步伐往露臺方向走去，卻被從肩膀襲來的一股力量阻止。

「省省吧！我出去勸過她N次了。她根本不理我，只是一直坐在那邊盯著我的方向……又不是什麼殺人犯被警方盯著，那感覺夠不舒服。」

「她應該披件外套以免著涼。」馬克擔心的說著。

「你沒看到她椅子旁邊的披肩？半小時前Tony哥下樓看寶貝女兒在那邊吹風，差點沒哭出來，拿了件披肩往她身上披，勸她回房間也沒有用。後來Tony哥離開上樓後，她又把披肩拿下來。」

「馨萍怎麼了？」

「還用想嗎？當然跟我的目的一樣囉！我呢是靠著咖啡因提神，馨萍姐巴不得我入睡，才坐在那邊等待我倒下去的那一刻，她肯定是想藉由涼風讓自己清醒。」

「唉……你們兩個……何苦呢……」

「不是你被人占據身體才能話說得輕鬆，好像我很壞心、喜歡折磨人咧！也不想想我有多悲慘，身體裡頭住著一個四百多歲的老靈魂，趁我每晚睡著了後用我的身體活起來……還把起妹來！想到就覺得噁爛，雖然馨萍姐的壞脾氣我不敢恭維，但我好歹也是把她當親姐姐看待OK！」

「阿仁，我這麼說你聽了一定會很不高興，但是你有沒有想過給馨萍，還有那個人一個機會？」

「機會？什麼機會？」

「事情已經公開了，當然就會慢慢找出合理的解決方式，不管是對方要怎麼離開，是不是應該讓他們倆好好談一下？」

「我給他們機會，那誰給我機會！」郝仁激動的放下咖啡杯，想要去除口中的苦澀感，便隨手拿了三層盤上的松露巧克力一把塞入口中。

他一邊咀嚼著、一邊抱怨，「萬一他們兩個串通好從此讓我醒不來，那該怎麼辦？你又不是不知道馨萍姐那鬼靈精多的是辦法，說不定她早準備好什麼藥品、毒品或針筒，準備對付我。」

「馨萍不是這種人，我們都知道她其實很善良對吧？」

郝仁再往露臺的方向看去，只見方馨萍依然朝著他，沒有移開視線。

「這我也清楚！雖然她嘴巴毒，吵架沒吵輸過且絕對不可能讓步，但其實她心地善良；可是住在我身體裡的那個老靈魂是馨萍姐的愛人，而我充其量只是朋友。男人兩肋插刀還有可能為了挺朋友而放棄愛人，但女人可不同。」

郝仁用舌尖清理了下卡在口腔裡的巧克力，吞了下口水繼續說下去：「你知道的，我呢曾經和八個女人朝夕相處多年，別看我粗漢一名，其實還挺懂女人心。她們這類生物平時看起來嬌弱無骨，但只要心愛的人碰上問題便瞬間搖身一變，成了捍衛愛人的金剛勇士……相信我，這樣的女人誰都惹不得的！」

馬克明瞭的點點頭。他的愛侶吳心愛，也曾經為了捍衛他而選擇斷送自己的寶貴性命。

「嗯……無論如何，阿仁，我尊重你的決定。」他友善的拍了拍郝仁的肩，「五杯咖啡應該夠你撐下去，可別不小心睡著囉。」

「靠！你少詛咒我。」郝仁男子漢般回擊對方的肩。

「哈哈……」

「好了，你別管我，上樓去睡你的大頭覺。我今晚決定賴在客廳看搞笑電影，連我最愛的遊戲也暫時罷工一天，否則待在房間看到床，很容易前功盡棄。」

郝仁弓起手臂展現出健壯的二頭肌，「你看看我意志有多堅定，為了守護自己的身體絕不讓步。我在這邊想睡就去餐廳的咖啡機弄杯咖啡來喝喝，如果還撐不下去，就到陽臺吹風醒腦。」

「需要人陪嗎？」

「不了！那邊還有一位等著看我入睡的人陪著我呢！」郝仁搖頭冷哼，並再次抬了抬下巴示意那位站在露臺、單手撐住臉頰、眼神往他們這個方向盯著的美女。

「你別管我，這場硬仗我要自個兒打。」

「那我就不方便打擾了。」馬克將飲用完的咖啡杯放置洗手檯準備沖洗，卻遭到阻止。

「放那邊我待會兒一塊洗，反正我在這邊準備度過漫漫長夜，想睡覺的時候過來這邊沖冷水醒腦。」

「那我就不客氣了。」馬克優雅的行個禮，然後邁開步伐往樓梯的方向走去。

◆※◆※◆※◆

「不會吧！」

郝仁眨了眨眼確認，環視周圍熟悉的風景後便跟著一長串的咒罵。

「真是搞不清楚狀況！身體都要被人家幹走了竟然還能睡著，我到底是不是豬八戒轉世，是有這麼累喔？」

他下意識捏了捏自己的手臂，情況和上次或者上上次一樣，神經沒有任何痛覺，郝仁這才更加確認自己真的是睡著了。

「什麼咖啡因咧！喝那麼多杯沒提神就算了，還睡到進入夢鄉。等我醒了一定要看看是哪家咖啡豆包裝進口商，打電話過去狂罵！」

郝仁走著走著，瞥到他進入夢境時偶爾會坐著的大石頭，洩氣的一屁股坐下。

「唉，只能祈禱這次進入夢境不會成為我的死期，那老靈魂現在肯定趁我入睡霸占我的身體……萬一他和馨萍姐兩個愛得死去活來，聯手起來要我從此不醒，我身在這裡根本也是束手無策！」

就在郝仁深陷苦惱之際，前方三十多公尺的方向傳來一陣陣淒厲的嘶吼，再熟悉不過的聲響如雷聲般響亮。

「等等！又回到這個夢境啦……所以，這次沒書生……」他思考著，耳邊的嘶吼聲很快又將他拉了回來，「OK！我知道你很會哀號，也知道你被折磨到痛得不得了，但老實說看你這副模樣我看久了也麻痺了……」

郝仁說著說著鼻腔漸漸塞住，於是他苦笑著粗魯的將眼眶和臉頰的淚水抹去。

「麻痺個屁！我這雙眼到了這邊成了水庫洩洪啊，眼淚流成這樣不瞎才怪。搞什麼！明明在夢裡不會有感覺，看我怎麼捏自己都不會痛，但心卻會隱隱作痛，誰來跟我解釋一下這是什麼情況？」

雖然每回來到夢境中，苦惱著郝仁的多半是野獸哀號的聲響，但這次不一樣，此時此刻他有更急迫的事件需要思考。

「現在怎麼辦？有沒有什麼辦法可以讓我快點醒來？否則身體被人霸占走了，感覺好不甘心……好，現在靜下心來，仔細想想以前的經驗，看有沒有什麼方法能夠儘快離開夢境……」

他時而閉起眸子、時而睜開，臀部離開石頭，繞著前方的一棵大樹打轉，心情著急且煩躁不安。

「好幾次做夢都是被老頭搖醒的！這老傢伙平常不需要他幫忙時就不請自來鬧個不停，現在好啦，需要他的時候肯定躺在他的按摩椅上一覺到天亮。」

◆※◆※◆※◆

客廳中，此時此刻又是另一番情景。

「你醒了？」

男人點頭微笑，「嗯。」

方馨萍坐在茶几上，甜笑的看著緩緩睜開眼的男人，他躺在那裡絲毫沒有防備的神情，一看到她出現便面露愜意的笑容……

可是，她卻笑不出來。

自從去薰衣草度假村一趟，她夜晚睡不著覺隨意走著，意外在飯店頂樓與他有了初步的交會後，從此心裡便期待能有更多見面的機會。

回到美屍坊後，方馨萍決定趁夜晚出動，看自己是否能再次遇到這個讓她頭一次體會何謂一見鍾情感覺的男人。

她知道當時在飯店頂樓遇到的並非郝仁，雖然那張面孔再熟悉不過。

某個夜晚，方馨萍趁大家入睡，踏著輕巧的步伐走遍屋內外任何一個角落，直到她嘆了口氣決定放棄之際，在一樓的露臺邊找到了身體正靠著木臺仰望星空，並啜飲著香醇咖啡的男人。

她永遠忘不了那個男人迷人的模樣……

「嗨，又失眠了嗎？」

他偏頭望向她，迷人的眼眸閃爍著比星空更耀眼的光芒。

男人的外表分明是郝仁沒錯，但很好分別的是那隻左眼。郝仁左眼的眼白部分在法力未出現時依然呈現火紅色澤，在美屍坊裡大夥兒早就見怪不怪，因此郝仁無須遮掩。他一旦出門，怕那怪異的模樣嚇壞路人，便會在左眼戴上眼罩。

但是這個男人沒有。他沒有戴上眼罩，且左邊眼睛也未看到任何異狀。

從此她只要一天黑，心裡便雀躍期待著像這刻美好的時光來臨。

為了配合時間，她將作息徹底調整，白天時間補眠，到了夜晚才能夠以精神奕奕的模樣出現，畢竟她希望能夠將最好的自己呈現在他面前。

就這樣持續了兩個月。

一開始她會藉著「睡不著」來當理由，漸漸的對方也似乎習慣她的出現，或者兩人心裡都明白她的出現並非偶然，而是刻意的想要製造更多相處的時間。

兩人的相處意外投機，就像偶爾喝喝咖啡閒聊，這似乎已成了她和他之間的秘密。

「馨萍，遇到什麼煩心的事嗎？」男人坐起身子與她面對面相視，他知道今天下午發生的事件，也心疼她為了捍衛他而差一點做出傻事。

兩人相處不算長的時間，但她笑的樣子、說話的表情、甜美悅耳的嗓音……哪怕是單純看著她，胸口便襲來無法言喻的溫暖。

「我很好奇，阿仁醒著的時候發生的事，你都知道嗎？因為阿仁似乎完全不知道他睡著以後所發生的情況。」

男人點頭，「我知道，你們家裡下午來了位黃師父，他說要將我的魂魄引出來，然後妳就出現了。」

「引出來……所以你的意思是黃師父並非要消滅你？」方馨萍微張開口，為自己下午激動的行為覺得尷尬，「喔，真糗……所以當時阿仁說有聽到你的聲音是真的囉？」

「嗯。」男人伸手撫了撫她的頭髮，「謝謝妳為了捍衛我所做的舉動，在這世上孤單漂泊了好幾百年，早忘了被人關心的感覺。」

方馨萍一直以來不想觸碰這個話題，但又深怕日後沒有機會。

「不知道以後還能不能像現在這樣看著你……」她為難的蹙了下眉心，「其實我也不喜歡這樣失控的自己，甚至會不會有點太自以為是，但一想到有天不能再和你說話就覺得心裡彷彿破了個洞。」

男人揚起嘴角，舉起手輕撫她的臉頰，「以後妳早點睡吧，不要為了我壞了身體，偶爾出去度假享受人生。」

「我不喜歡出去玩，特別是要用家裡以外的物品就不喜歡。對了，我想知道，如果有一天你能去度假，你會想去哪裡？」她想知道有關他的所有喜好，想要更進一步的了解他。

「應該是夏威夷，那裡的氣候和地形比較接近我以前生長的環境。」

「嗯……夏威夷嗎？」

方馨萍想了想，她本身很討厭度假，但如果是跟著他，去哪兒都好……

「今晚滿天的星空，若是早早入睡沒看到，似乎有些可惜。不過妳是不是該去休息了？不是說明天中午還有急件的貨物需要完成？」

「我想再多待一會兒，雖然是急件，但我只要集中注意力不受打擾，一個鐘頭的時間就能完成。」

「好吧，不過這杯茶喝完了就該上樓休息，每天晚睡對身體不好，妳學醫的應該比誰都清清楚。」

「嗯。」

她沒說的是——如果早睡了和你相處的時間就變少了，很想聽你多說一點話，你總是優雅沉默，雖然我喜歡你散發出沉靜的氛圍，但是聽你說話真是種享受。

方馨萍好喜歡像現在這樣靜靜的和他欣賞夜空，兩人都喜歡寧靜。她喜歡獨處，因為身旁多了一個人就會有所顧忌，熟悉的人偶爾會寒暄，如家人會怕她吃不飽穿不暖，總是會開口叮嚀些什麼……

但這個男人比她還能夠享受寧靜！

他和她不一樣，她的安靜是害怕麻煩，但他卻是能夠和寧靜相處，渾身散發出平靜沉穩的男人氣息。

「馨萍，妳想聽一些故事嗎？」男人似乎感受到她的想法，於是開口詢問。

兩人移步到陽臺落坐。天氣微涼，他體貼的將椅背上的小毯子披在方馨萍的肩上。

「我想聽你說故事，有關你們那個年代……」她很遺憾無法參與他的過去。

從小方馨萍因為外表亮麗，無論在學校或哪裡總是吸引不少追求者，但她也因智力成績傲人一路跳級，班上同學都是大她五、六歲的年齡。或許女人能力太搶眼，男人便懂得自動退避三舍，再加上她喜歡獨處，因此沒有可以外出逛街或談心的朋友。

櫻花先生是她的初戀，他是那種願意默默守在一旁的情人。兩人當時在醫院都是知名的醫生，忙起來的時候各自會因為工作而搭機飛往世界各地，甚至一個月都無法見面。

說是愛情，倒不如說是依賴。

方馨萍需要他，因為離開家的日子好在有他能夠為她處理她最討厭的生活瑣事。兩人的感情可以說是細水長流，沒有激情浪漫，反而比較像是家人的那種感覺。

但眼前的男人頭一次讓方馨萍有了心動的感覺，就像現在光是待在他身邊，與他呼吸著同樣的空氣，心裡便會有種甜蜜的感覺湧上來，胸口撲通撲通的，全然抑止不住那種激動的情緒。

「好吧，故事是這樣開始的……」

NO. 6

老靈魂的悲痛回憶

「哇哇哇——」

一串響亮的哭聲迴盪在城堡的二樓。

小小的身體呱呱落地，城裡的看臺中央處升起了紅色旗幟，宣告著王室多了新生命的喜悅。旗幟隨風飄揚著，舉國歡騰盛大慶祝。

某個下午，城堡內一間布置溫馨的房裡傳來音樂盒悅耳的旋律。

「迪爾所，你靠過來一點。」女人用她那溫柔的嗓音輕輕叫喚靠在門邊安靜望向她的男孩。

「是，母后。」男孩懂事的點了點頭，小心翼翼的踏著輕巧步伐靠近。

他從小便被教育有禮懂事，母親曾經提醒他靠近這個房間時要輕聲說話，他聰明懂事不曾讓人失望，只要跟他提起一次的事，他便不會忘記，並確實遵從。

「迪爾所，這是你的弟弟迪爾斯，他長得很可愛對吧？」

「嗯，真的好可愛。」迪爾所點頭。

睡得香甜的小嬰兒可能做了什麼好夢，小小的嫩嘴勾起笑，逗趣的模樣讓觀看的迪爾所忍不住伸手撫了撫弟弟紅撲撲的臉頰。

「迪爾所，你能答應我，疼愛他就像疼愛你的兩個妹妹一樣嗎？」

「請母后放心，我一直希望能有個可以一起射箭、騎馬打仗的同伴，我會盡其所能教導他、帶領他，成為他學習的榜樣。」

「我的好兒啊！」女人摸了摸迪爾所柔軟的頭髮，笑容藏不住滿心的驕傲，「你總是那麼優秀，我也從不曾為你擔心，因為你做什麼事都能做到完美。你是我和你父王的驕傲，能夠成為你母親，我真的覺得好榮耀。」

迪爾所——男人啜了口熱茶，娓娓的道來：「這段記憶和畫面陪伴著我好幾個世紀，即便有些美好難忘漸漸隨時間淡忘，但總在我絕望痛苦時，最先閃過腦海的就是母后那比太陽還溫暖的笑容。」

「當時的我才正值七歲，身為長子，在全民的期盼中出生，並受到了所有長輩們對我的寄望與厚愛。我的弟弟迪爾斯是個調皮卻純真的孩子，雖然偶爾覺得他黏在身邊問東問西有些麻煩，但他總是用崇拜的目光注視著我，讓我多了一份更上層樓的勇氣。」

「我曾經站在一人之下、萬人之上的崇高位置，雖然被人譽為天才，實則為了達到父王的要求而悄悄的努力不懈。當時的我學習任何事物，就算犧牲了玩樂時間也不覺得痛苦，一心只為了成為我父王母后眼中的驕傲。」

「我的母親育有二子二女，我排行老大，弟弟排行老么。還有一段記憶再不想起或許也會隨著時間漸漸的模糊了……」

「迪爾所，邦交國細卡表明期望與我國建立友好關係，你應該清楚和親在兩國建立友好關係的好處，對吧？」

「是的，父王。」迪爾所恭敬的回應道。

「去年細卡的國王曾經來我國拜訪，並商討提議共同在哈爾島採礦的計畫，你還記得當時細卡的公主莎拉也跟著同行嗎？」

「記得，莎拉公主和迪爾斯同齡。我們至今應該見過兩次面，一次是莎拉公主隨細卡國王前來慶祝我國併吞哈爾島，另外一次是她帶領細卡的優秀畫工與我國的畫工交流。莎拉公主說話得體並擅於琴棋書畫，態度大方卻不失嚴謹，著實讓人印象深刻。」

聞言，國王喜悅的提出看法：「既然你對莎拉公主的印象極佳，那麼大臣提出有關和親的建議，我想知道你的看法如何？」

「只要能為我們國家好，和親不失為良好的選擇。」

「不愧是我自豪的兒子，了解事情的輕重與否，總是理智思考不拖泥帶水，將來把這個治理國家的擔子交給你肯定不用令人操心。很好、很好！明早和大臣們朝會時，我會向他們提起你的回覆，吩咐他們找個良辰吉時讓莎拉公主風光的嫁過來我們這邊。」

「其實我的記憶力沒想像中的驚人，只是每回在與我父王討論事情前，我都會先行與他親信的大臣請教，大概先問清楚才能事先做準備。」

「就像我對那位邦交國的莎拉公主沒有特別印象，唯一記得的是細卡一行人前來拜訪時，有位該國的神射手和我比試了一場。向來我對箭術非常有自信，在我國每回比試贏得冠軍輕而易舉，可對方的技巧和我不相上下。雖然最後我還是贏得比賽，但心裡不免懷疑他是不是因為來我國的關係，所以刻意讓步。」

「後來我有機會去細卡拜訪時，曾經私下與那位神射手相約在私人的射箭場地，好好的正式來場較勁賽。沒有身分的包袱，單純以喜愛射箭的同好來場友誼賽，最後卻是平手收場。」

「你喜歡那位名叫莎拉的公主對吧？」方馨萍悶悶的打斷這個故事，她已經盡量不表現出吃醋的樣子，但微瞇且冒火的雙眼根本藏不住怒火。

「妳是不是不喜歡我說的故事？」

「我有說不喜歡嗎？我正在聽了不是嗎？」她沒發現自己的雙頰鼓了起來。

男人頭一次看到方馨萍生氣的模樣，只覺得她這樣好可愛，「馨萍，無論如何這些都是過去的事了，妳不要不高興好嗎？」

「我、我哪裡不高興了？」方馨萍急著解釋，不想讓喜歡的男人認為她是個無理取鬧的女人，「我只是單純覺得你根本對那位名叫莎拉的女人不熟悉，甚至連她的樣子和名字都要透過別人提醒，就隨隨便便答應要把人家娶回去，太隨便了。」

「呵～」男人寵溺的看著她氣嘟嘟的模樣，溫柔的解釋：「馨萍，我們那個時代的人都是如此。當然，我知道和親這種事對於現代來說早不管用了。」

「等等！見了兩次面卻記不得別人的名字，這樣會不會太失禮了？」她雙手扠腰，壓根忘了她曾經不斷提醒著自己要在他面前表現出最完美的一面，「那我們最近每天晚上見面，你該不會也要靠別人提醒才能想起我的名字和長相吧！」

「馨萍，方馨萍，妳美麗的臉孔讓人難以忽視，又怎需他人提醒呢？」

「哼！還好你記得嘛。」她佯裝生氣的表情。從他口中低喃出自己的名字，聽來心裡小鹿亂撞，根本管不住失控的心跳。

——他說我美麗！

——他在稱讚我漂亮……

方馨萍不斷在心裡雀躍的尖叫著。她時常得到同樣的稱讚，偶爾在路上與人擦肩而過，不經意抬眼便會看到對方驚豔的神色；但這對她而言聽了不下千百次的讚美從他口中說出，竟會讓她心動得想要沉淪。

「馨萍……我喜歡這個名字，也覺得很適合妳。萍水相逢也難以忘懷那曾經撲鼻而來的淡雅馨香。」

「咳！」方馨萍嬌嗔的咳了聲，這個男人的情話說得很復古，卻讓她聽了臉頰紅，趕緊轉話題道：「故事呢，不是要跟我說故事嗎？」

「嗯，剛才說到哪裡了……有時候總覺得命運捉弄人！」

「當時邦交國細卡期盼與我國更為親密，並表明能將莎拉公主嫁給我是他們莫大的榮幸。於是我國和細卡同時如火如荼的籌備著世紀婚禮，當時的我並不知道弟弟迪爾斯與莎拉公主兩人相愛，直到有一次我在後花園撞見兩人相擁時的談判……」

「莎拉，我們不能被拆散，請妳放心的把事情交給我，讓我來跟大家宣布我們的關係。」迪爾斯激動的大喊著。

「親愛的，請你放低音量，讓其他人聽到了不好。」莎拉公主伸手摀住迪爾斯的口，並擔心的左右張望。

「被人聽到了不是更好？」迪爾斯拉下嘴邊的纖細手掌，「我才希望有人跑去向我父王密告，那我也正好能夠向他說明一切。」

「不！親愛的，我無法違背父王的命令，他說我們細卡的存亡與否完全掌握在我手中，為了保住我國人民，說什麼一定要成為這個國家的王后……」

「所以妳的意思是，假使我無法成為王，那麼我就無法擁有妳是嗎？」

若是因為這個關係阻礙兩人的心意，那麼他真的無能為力解決。

「我那優秀的哥哥妳不是沒見過，他是那種難以超越的王者，即便我站在他身邊，即便我很想超越他，卻總是無能為力……莎拉，我們彼此相愛，這樣妳還能夠成為我的嫂嫂嗎？」

莎拉公主深深嘆了口氣，開口訴說的嗓音帶著濃濃的遺憾，「親愛的，我真的不願意。但是身為細卡的公主卻是我永遠無法推拒的使命，這是我們身為王公貴族無法改變的命運……如果我夠自私，為了愛，就算和你私奔逃離成為落難鴛鴦，那又何妨？但是理智告訴我不能！」

「為什麼！」迪爾斯憤怒的握緊拳頭，將心中的怒火敲擊在一旁的相思樹幹上，「為什麼我沒有能力成為一位值得妳託付終身的王者？為什麼老天讓我們相愛卻又無法讓我們長相廝守……我們相愛卻為何如此悲哀？」

「其實早在撞見兩人這段談話之前，某個夜晚迪爾斯前來我的書房。」啜了一口咖啡，男人緩緩說著。

「哥，你喜歡莎拉嗎？」

「莎拉公主是位優秀的女性，也是我國眾大臣們多數認可的未來王后之選。迪爾斯你見過莎拉公主，也見識過她得體大方的一面，完婚後我國和細卡之間的關係會更為緊密，原本訂定的協議條款也能再鬆綁些，兩國共享利益……基於種種的理由，我想我們應該會喜歡她的。」

「哥，你是天生的王者，任何事情都能做到最完美的狀態，但是你有真正的愛過一個人嗎？」

男人搖了搖頭，「我當時並沒有參透迪爾斯話中的意思，只是見他臉上落寞的神情，以為他可能遇到了挫折才需要我的鼓勵。」

「迪爾斯，我們身為國家的統治者，要懂得將小愛轉為大愛。我愛我們的國家，深愛這片父親所經營努力的土地，也同時愛著同樣敬愛我們的人民。你問我有沒有真正愛過一個人，我想答案是肯定的，因為我深愛著我們的國家。」

「不，你愛的人只有你自己。」

「迪爾斯丟下這句話後便離開，那是我頭一回看到他露出如此憤怒且失望透頂的表情。現在想起來，我應該追上前去關切，或許這一切的一切仍有轉圜的餘地，可怕的悲劇就不會發生！」男人緊握著拳頭。

◆※◆※◆※◆

郝仁睜開眼睛，感覺身體每一處神經正活絡著，他下意識的眨了眨眼，搭在沙發椅背的左手手指動了動，頭往後仰伸展了下頸部肌肉，忽然間他忍不住興奮的大笑了起來。

「哈哈哈！上天保佑我還活著，哈哈哈！」

他激動得想起身跳起來歡呼，卻發現雙腿痠麻似乎不聽使喚，這才察覺有道熟悉的身影正躺在他的大腿上，閉起的眼眸有兩排濃而長密的睫毛，橘紅色的嘴脣往上微彎著，露出滿足且幸福的笑靨。

「喂喂喂！拜託起來了嘿，身體的主人順利歸位，沒辦法抱著妳情話綿綿了。」

郝仁心中沒有抱得美人歸的喜悅感，反而不舒服得雞皮疙瘩掉滿地。他想都沒想便立刻嫌棄的大喊，欲伸手搖晃腿上的人兒，這才驚覺他的右手五指插在一頭捲髮間，抽出的當下指尖感受到那如棉花般柔軟的觸感。

「見鬼了！」郝仁趕緊推開腿上的可人兒起身。

「唉……」

沙發上傳來一道深深的嘆息。

方馨萍沒有熟睡，只是暫時閉起眼眸休息。頸部留有方才枕在男人大腿上的溫熱，頭皮依稀殘留著那溫柔的撫觸。她聽著迪爾所訴說有關四百多年前發生的故事，耳際傳來的低沉嗓音震動著耳膜，讓快樂的分子直達四肢百骸。

不過這下真的該醒了！

「我想……所謂幻滅應該指的就是我目前的狀況吧！」

方馨萍微微的睜開雙眸，眼瞼下兩道疲累的痕跡，她沒有力氣起身，也不想從先前夢幻的國度裡走出來。

「對啦！對方老靈魂嘛，苟活在世上多年看盡人生百態，我這年輕人直來直往，哪有他老人家那麼有心機咧！再說妳是不是應該對我客氣一點，我都沒計較身體被妳愛人半夜偷拿去用，讓你們在這客廳裡情話綿綿，大腿還當枕頭供妳的大頭躺，若要算鐘點費的話，你們兩位鴛鴦大盜應該要商討一下要給多少……」

見仰臥在沙發上的可人兒似乎已沉入夢鄉，郝仁不甘心的大吼：「喂喂喂！妳睡美人啊，我話都還沒說完妳就呼呼大睡，到底是有沒有禮貌啦！」

在郝仁抱怨的同時，三道身影相繼下樓梯靠近。

「阿仁，你昨晚有睡著嗎？」馬克起床後的第一個念頭就是這個。

「說到睡著就一肚子火，還說什麼咖啡因提神咧，我一共灌了有沒有八杯，最後還不是倒在沙發上睡得跟豬一樣！」

「那麼……馨萍？」

「我才怕她咧！一整晚在露臺那邊守著我等我睡著，後來終於被她堵到，我不小心睡著了，想當然就讓那老靈魂趁虛而入了。」

郝仁歪嘴說著，並扭動了下肩膀，「我們一個白天一個黑夜，我這身體會不會太操了點？Tony哥你上次帶回來那批標榜什麼可以養氣的人參雞精放哪兒？我看我應該要好好補一下，難怪我還在納悶最近黑眼圈為何越來越深……」

「有有有，還多著呢！我放在罐頭那一區，阿仁你盡量拿去喝，不夠我會再幫你陸續補上。」方勤克殷勤的說著。

雖然占據郝仁身體的並非他，但那個人卻讓他的寶貝女兒心動，因此總覺得心裡有些虧欠。

「看看我們的小寶貝黑眼圈那麼深，這陣子為了守候她的男人，真的是累壞了。」方群心疼的看著入睡的方馨萍。

「是啊！可憐的萍萍，我身為父親很想為她做些什麼，但卻無能為力。」方勤克拾起掉落在沙發邊的披肩，輕柔的為她蓋上。

「等等！你們父子倆是不是有病啊？」聽兩人一搭一唱的對話，讓郝仁覺得不大對勁，「馨萍姐死命愛的可不是那種每天朝九晚五要去公司上班，或者如果老婆出去逛街時，能夠在身邊幫她提大包小包的那種正常的男人……他嚴格說來可以算鬼吧？」

「那又如何？」

「蛤?那、那又如何?」

郝仁為方氏父子異口同聲且過於無所謂的口氣搞得莫名其妙。

「等等!我們討論的是同一個事件嗎?這世上哪有人愛上了孤魂野鬼，他的家人知道後還能像你們如此鎮定的?至少你們也該做出一點比較符合人性的舉動，比方說氣得大吼或想辦法拆散他們之類的，畢竟人鬼殊途嘛。」

「萍萍從小沒有母親，只有我和她爺爺兩人照顧，難為她的生活中只有兩個異性能夠模仿。男女畢竟不同，雖然我一直以來小心翼翼，當時從事美容行業的起因也是因為希望能夠了解她，跟她有更多的共通話題。萍萍從小資質聰穎，當她的國小老師說她是天才時我並不喜悅，因為天才其實是孤獨的……」方勤克感性的說。

方群接著道：「我們萍萍從小到大靠她聰明的腦袋沒啥事辦不到，所以好像沒看過她為了什麼人事物努力或者花心思，因為她只要希望得到，就一定做到好。」

「就像最近萍萍開始花心思裝扮自己!」方勤克眼睛亮起了光芒，說：「當然她天生麗質，總是不費心思就能贏得目光。以前她上臺參加全國性的大提琴比賽時，也沒像現在這樣那麼緊張，你們知道她上個星期主動要求我幫她買保養品嗎?」

「蛤?真的假的?我們家大小姐不是最怕麻煩，用清水沖臉後就可以直接上床睡覺嗎?她下一步該不會要去Tony哥開的美容中心去搞什麼微整形之類的吧?」

「總之阿仁，雖然對你而言身體晚上被人占據感到不舒服，我一方面對你覺得抱歉，可一方面卻為我們萍萍覺得欣慰……」方勤克誠心的鞠躬，「希望你不要因為我的想法而沮喪。」

聞言，郝仁雙手環胸，一時間不知道該回應些什麼。畢竟伸手不打笑臉人，方勤克總是在他遇到困難或者方群說要趕他出門時，第一個站出來捍衛他的人。

「我先把萍萍抱回房間去，她需要好好休息。」

方勤克彎下身體移動著沙發上熟睡的可人兒，他小心翼翼的將她抱離沙發，就像是在捧著易碎且心愛的寶貝般。

「唉呀!這畫面美好到令人羨慕。」郝仁目送著方勤克抱著懷裡熟睡的女兒，踏著小心翼翼的步伐往二樓走去，不免有感而發的嘆了口氣。

「唉，說真的，我那嚴肅又不通情理的老爸，要是能有Tony哥對孩子的溫柔，且處處為家人著想體諒心情的一半，或許我就不會落得今天這樣狼狽的被趕出家門了。」

不過郝仁在說這話的同時，心裡不免又換個角度思考，若他父親沒有將他趕出門，那他就不會有今日這般特殊的際遇，更不會遇到美屍坊裡每一位他相處起來甚至比家人更坦率自在的……家人？

他們算是家人嗎？

郝仁心想著，一方面期待著想要知道其他人的答案，一方面卻又害怕聽到回答會受到傷害。

「阿仁，還好你擔心的事情沒有發生。馨萍和住在你身體裡的那個人昨晚見面，並沒有如你猜測兩人會商討奪走你的身體，看看你還是如往常早晨般精神奕奕，至少我們知道那位住在你身體裡的靈魂對你並沒有惡意，對吧？」

「也是啦！你們一定很難了解我複雜的心情，我從沒有像今天早上這樣睜開眼睛看到世界後，起了那種超想跳起來歡呼的情緒。難怪常聽到要珍惜當下這類的心靈小語，真的！能醒過來用眼睛看好看的風景，用鼻子大口大口的呼吸，爽到爆！」

「當然很難體會，畢竟誰身體有多餘的空間容納其他人。」方群這話帶有取笑諷刺的意味，遭來郝仁的白眼。

「方叔，聽阿仁說之前來過家裡的黃師父表示，唯有特殊體質才能容納另一道靈魂存在。現在對方要等到阿仁睡著了才能現身，但有沒有方法可以讓阿仁與他直接面對面的對談呢？」

聞言，郝仁立刻大吼：「直接跟他面對面還談什麼？當然立刻動手打人了還客氣咧！」

「阿仁，你昨晚還沒睡著前，有跟萍萍談到有關那男人的事嗎？」方群好奇的詢問。

「那男人……喔，你說那個老靈魂啊！」郝仁話鋒一轉，「老頭，你八十五歲在這世上已經算糟老頭了，但你口中的那個男人，根據馨萍姐的說法已經是四百多將近五百歲，哈哈！真是好笑，你這老爺爺級的人物還能有開口叫人老祖宗的情況發生。」

「哼！身體不能完全由自己主控那才真的好笑。」

方群的這句話在這場爭辯中占上風。

「OK，算我衰。」郝仁雙手一攤，知道自己沒本錢繼續和人互虧下去。

「阿仁，馨萍有跟你提到任何有關他的事嗎？」馬克再一次將脫序的話題帶回軌道。

「有啊！說到這個就覺得世界還真是小。老頭，我和身體裡那位老靈魂關係維持多久，就和你認識多久耶！」

聞言，馬克合理的推論道：「意思是你遇見方叔的那天，也就是他進入你身體的當天？」

「沒錯。」郝仁用力的點頭，「對了老頭，你還記得那天的情形嗎？」

「記得啊！當時我離開美屍坊出去辦點事，開著小貨車回程的途中突然看見遠方天色出現異象，所以便開始飆快車往那處方向移動。」

「沒錯，就是這個。」郝仁彈了下手指，「我呢，當時在公園裡正和我那八名鬼老婆對話，卻被路人取笑，以為我是瘋子在那邊自言自語，後來被條子追趕跑了一身汗，去到公園內人煙較稀少的一處沙地，那邊有個洗手檯方便我洗把臉整理一下，那時我才猛然注意到洗手檯旁邊有棵超大的榕樹！」

馬克不解的提出疑問：「公園裡有種植榕樹，這點很奇怪嗎？」

「這你就不知道了！」郝仁搖了搖食指，「那時我老爸揚言要斷絕關係，把我逐出家門後，無家可歸的我只好去公園裡和流浪漢搶地方蹲。我在那座公園待了一個星期，那裡的每個角落我都走遍了，偶爾還會遭條子驅逐，跑起來讓他們追……」

郝仁總是喜歡將事情的來龍去脈敘述完整後，才慢慢講出重點。

「我每天都會去那個洗手檯好幾次，因為那裡比較偏僻，有時候身體覺得黏到受不了，還會趁夜深人靜跑去那裡沖洗一下身體。奇怪的是，我去了那麼多次卻從沒看過那邊有棵巨大的榕樹！」

「所以那棵榕樹是否與他……」馬克用食指往郝仁的胸口比了下，「有關？」

「賓果！當時那棵巨大的榕樹，也就是我身體那位室友所幻化而成的。我室友還跟馨萍姐敘述了當時發生的情景……」

「這是最後一次機會了……絕對要……要把握……」

一坨似動物的內臟突兀出現在沙地上且正在不規律的顫動著，暗紅的肉塊強烈收縮，並發出奄奄一息、嘶啞的喘氣聲。

「就算毀滅又如何……只要意念……意念延續就是永生啊……」

遊蕩在人世的靈魂因怨念的累積成了惡靈，它靠著潛入各類動物的心臟吸取養分存活。

「喝！」

忽地，收縮的心臟彈向半空中盤旋，接著彷彿以奮力一搏的姿態下墜，就這樣深深的沒入沙地中。沙土像萬蛇蠕動般，交錯複雜的根莖由暗紅的心臟往四處蔓延，隨即向上攀升出樹幹枝芽，直到翠嫩的葉片染成深綠色後靜止。

幾次眨眼的時間，原本空蕩蕩的沙堆中竟然冒出一棵巨大的百年榕樹。

「無論是誰，靠近我……就用你的憤怒靠近我……迎接我那強大而渴望存活的意念吧……」

「也就是說，當時我看見天空出現的異象，和那靈魂幻化的榕樹有關了，他在找機會潛進某人的身體裡獲得重生。」方群理解的點了點頭。

「後來呢？他是怎麼進去你身體裡的？」馬克繼續提出疑問。

「就像我多次跟你們提到，我當時在公園裡把一塊石頭踢向樹幹，後來石頭飛回來擊中我眼睛，害我痛得哀哀叫的事情……原來是那老靈魂趁機想從我的左眼進入我的身體，在那危急情況下我的八位鬼老婆豈能坐視不管，於是跟隨著從我左眼進入包圍著他，最後就演變成你們看到的這副蠢樣囉！」郝仁用手指刻意將眼皮撐開，展示他的左紅眼。

「你別忘了這蠢樣讓你擁有多大的能力，並且也成為你生財的好工具。」方群提醒。

郝仁搔了搔頭傻笑，「哈，也是。」

馬克撫了撫下巴新生的鬍渣，仔細思考後提出建議：「阿仁，你要不要試試看透過你的紅眼睛和他對話？」

「透過它？」郝仁納悶的撫了撫左眼，「行得通嗎？」

「不試怎知道。」方群就馬克提出的建議再給予更多提議，「這樣好了，你坐在沙發上好好靜下心來，召喚出你唱安魂曲的法力。我們無法探測有關安魂的法力到底能夠強大到何種程度，但或許會對這次的事件有莫大的幫助也說不定。」

「蛤，說唱就唱喔？沒情境又沒死者在這邊，我有辦法輕鬆施展出來嗎？」

郝仁順從的坐在沙上，對兩人給的建議心生狐疑。

他從未像現在這樣說要唱安魂曲就唱，這是法力的施展，並非到 KTV 去大展歌喉，音樂一下管他五音不全也能隨時開口；再說原本他因為貝兒卡事件退縮的法力，透過黃師父的奸招好不容易才失而復得，根本還來不及開慶功宴就要他馬上展現……

這樣行得通嗎？

郝仁心裡還正在掙扎、狐疑之際，指間忽然襲來一股異樣的暖流。

「真的假的！只不過想了想身體就有感覺了！」

他順從著將發熱的手緩緩覆蓋住自己的左眼，隨即那股暖流透過指間傳向靈魂之窗。

一如每回郝仁為死者吟唱安魂曲的情景。當下周圍似乎連空氣都變得溫暖，空靈滄桑的語調讓每道旋律充滿著整個空間。

方群和馬克舒服的閉起眼眸，柔軟的身體隨著歌聲輕柔擺動著，心靈彷彿乾枯已久的土地終於得到清水的滋潤灌溉，無比平和安詳……

願黃土溫柔的覆蓋你的身軀
願雨水洗淨過去的痛苦怨恨
願淚水化為滋潤大地的養分
讓愛永生……

NO. 7 以血斷緣

「這是夢嗎？」

郝仁睜開眼睛，眼前刺眼的光芒一度讓他感到不適。此刻，他有種彷彿熟睡了一段很長時間後醒來的感覺，雙腳沒有著地，身體輕飄飄的。

他心裡想著，如果這是夢境，那麼這又是另一種並非夢到野獸哀號的場景。他沒試過躺在一大團柔軟棉花上是何種感覺，但他想或許跟現在舒服的感受相去不遠才對。

「你好，我們終於見面了。」

一道低沉友善的聲音傳來，讓郝仁不得不睜開雙眼。

「你是？」

輕飄飄的感覺讓郝仁暫時失去思考的能力，此刻矗立在他面前的是位英挺的男人，穿著一襲不合時宜的服裝，雖說只是站立著，卻有種威風凜凜的王者氣勢。再看看男子頭頂上那個玩意是啥？皇冠嗎？這身穿著只有在中古世紀電影裡才見過。

「我是迪爾所，也是你口中的老靈魂。」

「迪爾所……」

郝仁這才瞬間整個人清醒，「太神了吧！我能和你這位室友見面，就表示安魂法力奏效，哈哈哈！」他不可抑止的狂笑了起來，「我郝仁千真萬確找回我的法力，哈哈！靈界有種放馬過來吧！看我一一解決人世間任何詭異的事件……哈哈！」

對方的沉靜讓郝仁察覺後感到一陣尷尬，彷彿他這原本想和人家談判的粗鄙之人搞不清楚狀況，在這邊嘻哈大笑。

「我好像沒啥籌碼可以談判了……冒昧問一下喔，迪、迪爾？」郝仁眨了眨眼，找回方才的記憶。

「迪爾所。」對方有禮的提醒道。

「你打扮成這副模樣……如果不是話劇社出身，該不會在你那個時代的身分是王子還國王之類的？」

「是，我是巴利亞那的王子，請多多指教。」迪爾所彬彬有禮的微傾身。

「看你這樣子高檔到裝不出來啦！我想在那個年代你的頭頂上應該多少發出點金色光芒吧！畢竟你是那麼高貴……」

郝仁沒見過真正的王子，卻覺得和迪爾所待在同一個空間相處會有種莫名的壓力，但他及時打住，不讓沒有營養的話題繼續下去。

他應該趕緊進入正題，畢竟沒人清楚透過安魂法力與這存在於他身體的室友見面能夠持續多少時間。

「我們美屍坊的成員……咦，跟你說這些人你知道嗎？我們都很好奇在我醒的時候你人——呃！算人嗎？不管！那不重要，我醒的時候你人在哪裡，消失了嗎？」

「我可以叫你阿仁？」

「隨意，跟著大家叫嘛，哈哈！難道你應該稱呼我草民或賤民之類的嗎？」

迪爾所莞爾一笑，「阿仁，你真的非常幽默，和你一起生活的人肯定覺得幸福。」

「感謝王子稱讚，小的倍感榮幸。」郝仁兩手作揖，他對於演戲雖不內行卻一直深感興趣。

「其實我一直跟大家一樣在美屍坊裡，只是到了你的休息時間，才有辦法進入你的身體，然後在夜裡做我想做的事。」

「比方說喝我最厭惡的咖啡，或者和馨萍姐談戀愛之類的？」

迪爾所揚起嘴角不置可否，「我沒想過會有人排斥如此美味的液體。」

「人各有喜好嘛！不過你這室友還算有良心，都趁我入睡後才把我身體借走，當我知道這事後還一度不敢睡覺，很怕睡著後從此就醒不來了。」

「阿仁，我並沒有你想像的厲害，只是靠意念苟活於人世間。在我遊蕩的日子，我曾經試圖想附身在他人身上卻始終達不到，直到遇見了你……能夠趁著你入睡的時間享受一下人間的美好，說真的已經夠滿足。」

「等等！」聽到這裡，郝仁覺得有哪裡不太對勁，問：「你剛才說平日我醒著的時候你人也在美屍坊，所以我們這邊發生的事情你都清楚？」

「嗯。我幾乎都跟在你身邊，只有靠近你才能保持元氣。」

「那麼說我拉屎洗澡你也跟在……靠！也太沒隱私了吧！」

迪爾所搖了搖頭，「請放心，我會避開。」

「你說都跟在我身邊……包括我們去幸福島、薰衣草度假村？」

「嗯。當時搭乘直升機去幸福島以及搭船至石頭島時，阿仁你似乎有暈機和暈船的現象；還有在山間設有五毒咒神壇的木屋裡，你還調皮的玩……這些我都參與在其中。」

「真的假的！我們是連體嬰喔！」郝仁不可思議的大吼。

郝仁摳了摳臉，思考有關眼前這位高貴王子說的話，畢竟這些事情也有可能是從方馨萍那邊聽來的，他得確認對方是否在故弄玄虛。

「照你的意思聽來，你像隻跟屁蟲一樣緊黏在我身邊。能不能舉些例子來聽聽，比方說只有我一個人的時候？」

迪爾所沉思了一會兒後開口：「離開幸福島的前個晚上，你悄悄隨跟著方叔到山邊的木屋找一位樵夫，聽到了他們在談論印記時立刻倉皇離去……」

郝仁不悅的打斷：「說話那麼難聽，誰倉皇了？」

「前幾個晚上你到圓屋的地下室，確認木盒外的印記和你胸口的胎記是否相同，當下竟然發生不可思議的現象，你胸口的胎記發出了詭異藍光，於是你嚇得拔腿……」

郝仁再次開口打斷：「OK！不用再說了，你已經充分表示了你的在場證明。現在我們來談點正經事，你留在世間幾百年不願意離開的原因是什麼？」

「我曾經是巴利亞那的王子，卻遭我的弟弟陷害，被動用五馬分屍的私刑身亡。」

「蛤？五馬分屍？」郝仁驚訝的大吼，「死得這麼慘烈難怪你會不甘心，我們現在這個時代別說五馬分屍了，罪犯被處死刑還有衛道人士替他們打抱不平咧……等等！我有沒有聽錯，你剛才說被你弟弟陷害？」

「嗯。」

「根本是人倫大悲劇嘛。」聽聞對方的遭遇後郝仁心生同情，似乎已對身體被借用這點沒那麼計較了，他男子漢般的拍了拍胸膛說道：「既然我們有緣當室友，你就說說看你的願望，如果有能夠幫忙的地方，我義不容辭啦！」

「謝謝你阿仁。」

迪爾所沉默了一會兒後再度開口：「如果可以，我希望知道我遭行刑後所發生的情況，也想知道當時殺害我的弟弟現在人在何方？」

「找你弟弟？幾百年的時間不知道他已經投胎了幾次……找到他要幹嘛？難不成殺人滅口來洩恨？」

「我不知道……只是想知道他的近況。我曾經對他恨之入骨，但現在好像沒當初這麼恨了。」

「好吧！就你第一個願望，希望知道你被五馬分屍後所發生的事。」郝仁思考了下決定嘗試看看，「喏，把手給我。」

迪爾所不疑有他的伸手過去。

「誰也不能保證安魂法力的極限在哪裡，不過我們姑且一試。」郝仁將對方的手貼向自己的左眼，靈界還魂的出入口，「王子，請問你準備好了嗎？」

「嗯。」

「這樣吧！我們齊一心念，全神貫注的默唸著我們的願望，然後等待著安魂法力帶領我們找到你所希望的答案……」

◆※◆※◆※◆

安魂力量展現了強大的威力，帶領著二人尋求真相。

郝仁只記得左眼和胸口一陣火熱，然後兩人的身體被莫名的力道推向天際，那引力似狂暴的亂流，速度之快，一度讓眼睛無法睜開，直到一切恢復寧靜能夠將眼睛睜開後，視線所及的就是眼前彷彿電影般一幕幕不斷變動的場景。

「這是哪裡？地牢對吧？嘿～我還沒機會參觀我們國家的監獄，倒是先來拜訪你們國家的。」

郝仁看著一名穿著華麗的女性，不知和兩名地牢外的兵卒說了什麼後，著急的往裡頭走去。

「母后……那是我的母親，真的好久不見了。」迪爾所激動的低吼。

「你母親看起來超級高貴的，我真想讓現在在媒體上那些趾高氣揚的貴婦名媛們瞧瞧何謂氣質高雅。」

「母后……」見到疼愛他的母親，迪爾所胸口間的缺口似乎得到了填滿的力量，可強忍著的淚水依然潰堤。

「好好回味現在所有出現在我們面前的寶貴畫面吧，雖然不確定安魂法力所帶來的是否是你所需要的，只希望你怨恨的心能得到救贖和釋懷……」

「迪爾斯，你怎麼會犯下如此嚴重的錯誤，他是你最敬愛的兄長不是嗎？」王后的身體不由自主的抖顫著，她握著伸出監牢柵欄外的雙手，沙啞的嗓音顯示了她的痛苦。

「我不想……母親，您懂我的，從小哥哥疼愛我又處處為我著想，可是、可是我不知道為何會……連我最愛的女人都選擇背叛我離去，您說我該如何？我真的不知道……」

「五馬分屍！你怎麼忍心對你哥哥動用私刑，利用他對你的信任！」王后心痛的捶胸頓足，一度激動得無法呼吸。

「要怪就怪您不該讓我來到這世界，有人告誡我，若我要活得有尊嚴，殺害迪爾所是唯一的生存方式。再過不久他即將為王，我便會成為阻礙他的棋子，到時再好的關係都會受到動搖。」

「迪爾斯，我的寶貝……你真的太傻了……那個在你跌倒時不忘伸手扶你一把，見你學習沒跟上也總是笑著回頭督促你跟上的兄長，一旦離開了人世，你的處境會有多麼危險你知道嗎？」

「母親，權力好可怕！」迪爾斯空洞的眼神露出了驚恐，「權力的誘惑可以讓一個原本懦弱無能的人輕易被操弄！我恨自己受到他人操控做出可怕之事，但又清楚自己承受不了往後要面對的鬥爭。如果可以，我寧願當個平凡人，老老實實、安安穩穩的過日子！我沒有能力在惡鬥的模式中存活，最後連愛的人都成為我懦弱的犧牲品，我就是這麼悲哀的人……雖然我該死，但可悲的是我又好害怕死去……母親您一定要救救我！」

忽地，暗黑的景象一轉，眼前出現的是一間挑高約五公尺多的寬敞臥室。

郝仁眨了眨眼，「嘿！室友，你不覺得你媽好像瘦了很多？」他特別注意說詞，不好意思當面直說瘦成骷髏頭。

「母親，為了我……您把自己折騰得不成人形了，孩兒真是不孝……」迪爾所心痛的看著眼前上演的畫面，伸手想要觸碰那摸不到的幻象。

「若薇，咳……若薇，妳在嗎？」

王后仰臥在大床上，蒼白的臉頰凹陷，在傳喚婢女時的嗓音微弱且沙啞。

「王后，您別起來，待奴婢準備一下再餵您進食。」

「若薇，我不餓，沒什麼胃口。」

「這樣下去您的身體會撐不住，巫師交代一定要想辦法讓您進食，否則服下去的煎藥根本無法發揮作用。懇請您一定要好好休息，算是若薇求您了。」

「若薇，妳先別忙，過來聽我說……咳！」王后努力撐起身體，希望能夠清楚交代她的吩咐。

「是。」若薇向前攙扶住抖顫的身軀。

「入夜後……妳不動聲色的去幫我把祭司請到裁縫間的密室來，我有些事情想要拜託他。妳千萬要記住不能洩漏行蹤，從秘密通道口進去前要確認外頭沒其他人發現……好不容易保住了迪爾斯的命，不能再出任何紕漏……咳！」

「好，我會小心去辦，請王后放心。」

「若薇，迪爾所若地下有知，一定會怪我袒護迪爾斯對吧？但身為母親的我又該怎麼做才好？已經失去了最令我感到驕傲的心頭肉，難道還要讓我再失去另一塊嗎……」

「若薇跟隨在我母后身邊已有二十多年，是她最重要的親信。」迪爾所幽幽的說道，四百多年前的一切回憶忽然之間全部湧現。

眼前的景象突然朦朧晃動了起來。沒多久，清晰的畫面出現，似乎又換了場景。

「若薇，妳去外頭守著，千萬不能讓人靠近，聽懂我說的話了嗎？」

「是，遵命。」婢女恭敬的點頭後便退下，並將厚重的木門帶上。

「祭司，感謝您願意抽空前來一趟。」

「王后的身體微恙，還請為了我國的人民多多保重。」

「好，我會注意的，咳！」王后說出了她請祭司前來的目的：「我有事想要請求祭司，希望您能幫忙。」

「只要是王后的請求，我沒有不遵從的道理，並且應當盡其所能，還請吩咐。」

「事到如今我就坦白的說了，迪爾所的死和迪爾斯脫離不了關係……不過我希望這事不會傳到其他人耳裡。」

「道人長短並非我個人所長，只要王后希望此事為秘密，那麼到了我這裡便化為塵煙隨風而逝。」

「我相信您，祭司。唉……會發生如此殘酷之事，肯定是我上輩子作惡多端所應承受的懲罰，否則原本相親相愛的兩兄弟……又或者是權力迫使這段緣分變質！我最親愛的兒子迪爾所死於酷刑，雙眼直到入殮還未能闔上……」她哭喊著泣不成聲。

「王后，請節哀順變。」

「我的迪爾所，最令我感到驕傲的兒子死不瞑目啊……」

祭司沉痛的靜默著，任由王后全然釋放出激動的情緒，哀戚的哭號迴盪在密室內。

「拜託！你媽太可憐了吧！」

郝仁抹了抹臉，不想讓人看到他此刻狼狽的模樣，但他轉頭一看身旁的男人，對方強忍著悲痛的情緒，臉部肌肉抖顫著，眼淚無聲滴落。

「唉……真讓人遺憾，你也和你媽一樣節哀順變吧。」郝仁友善的伸手拍了拍對方的肩膀打氣。

一會兒後，王后的情緒似乎緩和了些，她用著濃重的鼻音繼續說話。

「手心手背都是肉，無論現在誰殺害了誰，或者未來誰加害誰，對我而言都是最不願意見到的傷痛。祭司，我今日請您前來的重要目的是，不知您是否有辦法斷了他們兄弟倆的緣分。」

「您是說從這世起徹底斷了王子二人的緣分？」

「是的。我清楚因果循環是無法改變的輪迴，今世迪爾斯犯下不可原諒的錯誤，即便他心裡懊悔，也已經成為事實，這個仇就算現在不報，未來或者再下一世迪爾斯絕對會得到報應！這是身為母親的我最自私的願望，我希望那兩兄弟來世不要相見……請問可行嗎？」

祭司沉默了半晌後才又開口：「能夠成為家人，便代表著無形中有一條緊密的線互相牽引著，也意味著這樣的緣分會持續好幾個世代輪迴。我的能力有限，再怎麼努力，有些命中注定的常理絕對更動不了，除非……」

聞言，王后的眼前出現一片生機。

「祭司的意思是您還是有法子對吧？只要能夠斷了他們兄弟的緣分，徹底杜絕來世的相互殘殺，您請儘管開口吩咐，就算要我付出生命也在所不惜。」

「血債血還，此為千古不變的法則。我能體會您身為母親的心情，如同先前說的，我將盡其所能依照您的吩咐完成使命，但是能否保住您的性命，確實就不敢保證了。」

「無所謂……我心愛的兒子離開人世，而且還是以這種痛苦的方式離去，我活著的每天深感悲哀，心口彷彿破了個大洞般，無時無刻都感到絕望……說真的，走了也好，走了至少不會再覺得難受了……」

「所以這就是我存活在世上一直想要找尋迪爾，卻無法靠近他的緣故。」迪爾所心痛的陳述道。

「你媽媽用她的血祭拜神明，將你的靈魂封印，以確保切斷你們兄弟間的緣分，太偉大了！」郝仁感慨道。

「還有，那位看起來不男不女的祭司說，人與人的相識相遇端看緣分，那是錯綜複雜的線條。若沒緣分，兩人便是永遠平行的線條，是怎麼也無法有交集的。」郝仁反覆思索著這段言論，好像也開始認同其中的奧妙。

「所以我至今還在怨恨什麼……我的母親用她寶貴的生命換取我們兄弟和平相處，若我還存著傷害迪爾斯的念頭，那麼母親的犧牲就白費了。」

「等等！」一道念頭忽然閃過郝仁腦海，「跟你確認一下，在薰衣草度假村處理貝兒卡小姐的事件時，我當時使不出力會不會是你搞的鬼？因為那也是好姐妹殘殺的例子，就跟你們兄弟間發生的情況不謀而合。」

「有關這點我覺得抱歉，當時在現場聽聞情況覺得無法原諒，因此我在心裡希望著不需幫助不該幫助的人，沒想到真的如願讓你失去法力。」

「無所謂啦！」郝仁揮了揮手，「反正我的法力找回來了，也不用被老頭趕出美屍坊，否則我……不！還有你，我們又得回公園去流浪了。」

「哈！」迪爾所破涕為笑。在如願見到他一心嚮往得知的情況後痛心疾首，好在此時此刻身旁有人陪伴。

「阿仁，謝謝你，有你真好。」

◆※◆※◆※◆

「如何，見到老靈魂了？」方群見郝仁緩緩睜開眼睛才敢出聲詢問。

十分鐘前，郝仁吟唱安魂曲後，竟彷彿雕像般靜止不動，方群和馬克有默契的靜靜守候在一旁觀看神奇的情景，並等待郝仁醒來的那刻。

「呃！」郝仁眨了眨眼，意識到自己回到現實，「這陣子老是在夢境和現實中穿梭，會不會哪天走火入魔啊我？」

「阿仁，剛剛你雖然身體靜止不動，但眼淚卻不停的流，發生了什麼難過的事嗎？」

「一言難盡啦！以後多的是時間向你們慢慢解釋。」

方群再問：「所以見到老靈魂了？」

「人家可是那個年代尊貴的王子，再說我們談話可要小心點……」郝仁，左右張望一番，賊賊的壓低音量說：「因為他現在人就在我們附近，搞不好就坐在老頭你旁邊咧！」

「真的假的！我以為他只有夜晚才出現。」方群摸了摸周圍的空氣。

「我也是剛才跟他談過才知道。原來我和他不只室友關係，還外加連體嬰，我走到哪兒他就跟到哪，據說他得靠近我才能維持住生存的元氣。」

馬克提出疑問：「不過那位王子一直遲遲無法離開人世去投胎，肯定有什麼想要完成的願望吧？」

「我先大概簡單敘述一下，這位王子名叫迪爾所，在即將登上王位前夕遭到陷害，並被他的親生弟弟迪爾斯動用五馬分屍私刑。」

「五馬分屍？」

「驚訝齁老頭？你看連你這把年紀見多識廣，吃過的鹽比我們吃過的米還多，也被這款恐怖的私刑嚇到。」

方群不悅的啐道：「少廢話！繼續說下去。」

「知道啦！迪爾所死了後，他的母親找來什麼祭司，總之看那打扮很像巫婆還靈媒之類的。王后說手心手背都是肉，因為深怕兩兄弟會互相傷害，因此用自己的生命做了封印，讓兄弟二人生生世世不相遇，即便相遇也無法加害於對方！因此迪爾所的魂魄就算找得到迪爾斯，卻怎麼樣也無法靠近。」

「那個……」馬克眨了眨乾澀的雙眼。

「呃……」方群困難的吞了下口水。

同伴們錯愕的表情全在郝仁的意料之中，他雙手一攤，「這應該稱得上人倫大悲劇對吧！得知迪爾所慘痛的遭遇後，對於他晚上使用我身體這事也就沒啥好計較的，就當多一位室友吧。」

「阿仁，你的善良會帶給你更多好運的。」馬克真心的說道。

「好運我不敢奢求，這段時間我們經歷了很多事，我才深深體會到人活在世上只求平安順心就好，畢竟看似簡單的幸福有人卻是得不到。」郝仁感嘆的訴說心中的體會。

「對了！迪爾所還有一個願望。」郝仁突然想起重點，「他想找到他弟弟迪爾斯的下落，並知道他現在的現況。」

「既然是他的願望，我盡其所能。」馬克附議道。

方群卻雙手環胸質疑的說：「你不是說了他們國家的祭司作法，讓王后用生命來換取兩兄弟生生世世不得結緣，你們要去哪裡找他弟？」

「所以這個任務將要出動我們紅眼怪客團囉！」郝仁一副很有衝勁的舉高右手臂，自信道：「我們出馬哪有辦不成的事！」

「等等！這事我不參與。」方群潑了兩人冷水，「大海撈針的麻煩事不幹就是不幹！我打開天窗說亮話，沒錢的任務就提不起勁，若是提不起勁，那麼跟著也是拖累大家。」

「老頭，你吸血蟲啊！」郝仁一邊朝方群啐道，一邊朝周圍的空氣大吼：「王子，這老頭鐵公雞一個，你就別介意嘿！」

「方叔，您不是說過……」

方群伸手打斷馬克的話，「不用試圖勸我，沒用的，再說你們倆聯手也可說是所向無敵，沒必要加我一個。這樣好不好？我們分頭進行，這家裡的開銷大，還是得有人出去賺錢，我呢，獨自去接《靈報》的案子，你們呢，就去幫那王子找人吧！」

「錢錢錢！鐵公雞滿腦子都是錢……」郝仁雙手環胸的數落著：「那好吧！不勉強……不過大夥兒都各司其職，老頭你《靈報》那邊賺來的銀兩別想獨吞，該分的我一份都不能少。」

方群冷哼了聲，「哼！到底是誰愛錢？」

「沒辦法，我一人賺兩人用嘛！」郝仁無奈的雙手一攤，眼神朝周圍環視了下，「我的室友是個王公貴族，總得訂購一些高貴的古董床、瓷器、駿馬之類的玩意，花錢如流水啊……」

「咳！」

迪爾所尷尬的咳聲傳入郝仁的耳裡。

「阿仁，幸福島那次我們連消失的狗罐頭都能找到了，還有什麼困難的呢？」馬克拍了拍郝仁的肩，相互打氣。

「說得也是。連路上毫不相干的人我們都能拔刀相助了，更何況是我們美屍坊裡唯一一朵花的老相好。」

◆※◆※◆※◆

「穿越前面那片火紅的楊梅果園，就是我之前和你提過那一連串很扯的遭遇。據老頭的說法，到了那裡應該就能找到黃師父的住處了。」

郝仁手指著前方向馬克介紹著，腦海裡浮現方才在美屍坊大門外的情景……

在屋內大言不慚的說準備出發完成任務的二人突兀的頓住步伐。

「阿仁，茫茫人海我們應該要從何找起？有什麼計畫嗎？」馬克尷尬一笑。

「四百多年前對我們而言實在相距太久遠了，那個……難道我們要去一趟圖書館或者什麼博物館之類的找靈感？」郝仁不斷的眨眼想點子。

兩人就這樣無解的對視著，暫時想不出法子。正當氣氛陷入僵局之際，方群恰好準備出門，便撞見這番情景。

「怎麼？我們美屍坊大門外何時多了兩尊神像？」方群戲謔的說道。

「哼！這老頭就會說風涼話。」郝仁不悅的撇嘴。

方群的出現忽然讓馬克的腦海閃過一個念頭。

「對了！方叔，您認為我們去拜託黃師父，會不會找到解決的方法？」

聞言，郝仁用右拳敲了下左掌心。

「對！我怎麼會沒想到那個假半仙。」但郝仁想起黃師父在美屍坊所遭到的對待，又讓他卻步，疑惑道：「不過那天他被馨萍姐用毒針威脅、嚇得逃之夭夭，你們覺得他還會有意願幫忙嗎？」

方群揚了揚眉，「要找黃師父幫忙不是不可能，但這種事情還是得看緣分。奇人在世間少見，並擁有他人望塵莫及的特殊能力……我想提醒你們的是，這類奇人往往都有不為人知的缺憾。」

「缺憾……老頭你指的是缺陷吧！就是他從小人國逃出來的事喔，哈哈！」郝仁得意著自己隨口說出來的笑話。

「阿仁，你見過黃師父幾次，有沒有發覺什麼不對勁之處？」

「不對勁的地方嗎？」郝仁忍不住冷哼了聲，「他那假半仙渾身上下有哪一處正常了?先說他身上的臭味和髒汙，肯定長達一、兩年的時間沒洗澡；說話老是拐彎抹角，以為自己人在片場演古裝……還有最令人匪夷所思的是，他喜歡發出哈哈的聲音，連我這種神經大條的人都發覺他那是假笑。」

「假笑，怎麼說？」方群挑眉，摸了摸下巴稀疏且灰白的長鬍鬚。

「他每次講到自己覺得好笑的地方，就張開嘴巴大喊哈哈，但我一聽就覺得語氣根本沒笑意。還有，他笑的時候表情就像撲克牌臉，沒有表情，特別是他的大笑我聽了頭皮發麻，根本是哭嘛！」

聞言，方群摳了摳臉頰道：「阿仁，你越來越有慧根了。」

「我有慧根？」郝仁不屑的啐道：「這老頭會開口誇我，天就要下紅雨了……什麼玩意嘛！」

「希望拜訪黃師父後，一籌莫展的任務能出現頭緒才好。」馬克露出期待的表情，笑道：「不過，聽你們談論黃師父，讓我也想會會這位高人。」

「如果要找的人是活人，以現代文明的方式就是去徵信社；若要找死人，找個靈媒通靈什麼的。但麻煩的是我們要找活死人，難啊！再說還得想法子討好那位假半仙……」郝仁並不看好這次的拜訪行程。

兩人並肩走著，穿越一大片果園。

馬克不時閉起眼眸感受那隨風撲鼻而來的清新水果香氣。

「阿仁，我們也在後院種幾棵楊梅樹如何？這種果子色澤鮮豔，就像藍莓一樣都含有豐富的花青素，根據醫學證實有抗老防癌的功效……」

郝仁持反對意見，「這果子酸得跟檸檬有得拚，你不要看它小小外型討喜，其實根本是騙人的！」

他嫌惡的看著滿地的紅色果實。

忽然，前方一棟破舊不堪的小鐵皮屋吸引二人的注意。

「什麼！假半仙住在這種鬼地方喔？」他彈了彈舌尖，表情更為嫌惡，「馬克你看看，這屋子大小充其量只是大一點的土地公廟，人躺進去也差不多要把整間屋子占滿了，拿來當狗屋還差不多。」

「聽方叔說，黃師父雲遊四海後便會回到這裡至少待上半年時間，不過這裡真的能夠生活嗎？」馬克在這棟小巧破舊的屋子周邊徘徊著，找不出有任何生活的痕跡。

「沒錯，這裡除了果園外就剩這棟破舊小屋，假半仙吃啥住啥？難不成他還要自己去打獵砍柴喔？」

在兩人四處查看之際，意外發現到了小屋後有兩尊拳頭般的小石獅子矗立著，看上去也是年代久遠且破舊不堪。

郝仁上前察看小石獅子，斜眼嘖了兩聲。

「看看這兩隻石獅子有夠孬，小不隆咚就算，這隻左眼缺了一塊，另外這隻耳朵也少了一角，好好的門神被搞成這副窮酸模樣。假半仙自己像流浪漢不打緊，也沒必要撿來兩尊門神界的流浪漢嘛！哈哈！笑死人了。」

「我也瞧瞧。」

馬克跟著走了過去，蹲下他高大的身軀檢視。當他伸手輕輕撫摸石獅子的頭部時，忽然詭異的情況發生了！

兩尊並排站立的小石獅子同時往反方向轉動，讓兩人站立的石板跟著往下方一折，蹲下身體的郝仁及馬克頓時失去重心平衡，一眨眼便瞬間往下墜落！

NO.8 又見黃師父

「啊——」

「啊——啊——」

兩道如雷聲般震撼的狂吼傳了開來，在一陣天旋地轉之間，往下墜的二人壓根失去了思考能力。他們有默契的下意識閉起眸子，以為意外墜落深淵後就此永無翻身的機會，但不一會兒，臀部卻撞擊到彷彿柔軟有彈性的物品。

「沒、沒死！」郝仁眨了眨眼睛等待回神，身體因重力加速度的原理仍然大幅度上下彈跳著。

「究、究竟發生什麼事？」馬克睜大眼眸，暫時還未適應胸口因驚恐而發麻的感受。緊跟著，一道狂妄的笑聲傳來，強大的威力迴盪在整個寬敞空間內。

「哈哈哈——哇哈哈哈……」

郝仁漸漸回神，對於耳邊傳來震耳欲聾的笑聲感到莫名其妙，「蛤？什麼事情那麼好笑？」

「歡迎你們兩位來我家玩，這裡許久沒有訪客了。」

傳來聲響的同時吸引了二人的目光，只見一位白淨的老男人坐在石砌的浴池裡，瀰漫的煙霧還散發出濃郁的硫磺味。

「你是？」郝仁瞇起眸子搞不清楚狀況，待身體在大型彈簧床上彈跳的高度變緩後便一鼓作氣跳起身，「哈～腳踏實地的感覺真好。」

「不好意思打擾了，請問您是？」馬克撐起身體，極不滿意此刻狼狽的狀況，他使力離開大型的彈跳床，直立行走在踏實的檜木地板上。

「哈！菩提本無樹，其因必有果。我就說你們肯定會來找我的，才不過兩天時間就來報到了，比我猜測的時間整整早了一天啊！」

陌生老人舉起斟滿紅色液體的玻璃高腳杯朝二人的方向舉杯。

「假、假半仙？」郝仁聽這說話的口氣和聲音，立刻認出了對方的身分。

「您就是……黃師父？」馬克也難得拔高音量。

「我說兩位年輕人眼睛睜那麼大，不怕眼珠子掉出來嗎？還有好郎，不過一、兩天的時間不見，你就把我忘啦？」

「好郎咧！你老人痴呆喔，跟你說了多少次我叫郝仁。」

「黃師父您好，初次見面還請多多指教，我帶了伴手禮，不過東西不見了。」馬克不好意思的說著。方才天旋地轉，他根本顧不了其他東西。

「無妨、無妨。」

「原來假半仙你長這副模樣喔……」郝仁驚奇的不斷眨眼，「白白淨淨的，甚至還可以說是中老年界的清秀佳人……本來我還想說你有印度人的血統，所以皮膚才會黃黑成那樣，這麼說你身體到底累積了多少陳年汙垢？」

「我呢崇尚自然，市面上充斥著化學藥劑。你們沒看那些物品上頭標註的材料，什麼界面活性劑還什麼的，我呢覺得身體自然分泌的液體也沒啥害處，況且有些人天天洗澡卻時常生病，還有人每天照三餐在臉上和身體上東塗西抹，到頭來皮膚還不是狀況一堆。」

黃師父啜口酒，繼續道：「我每四年清洗一次，雖然這次情況特殊，兩年時間不到就先打道回府。你們看看，雖然要花上兩、三個鐘頭才能將汙垢洗乾淨，不過你們評斷評斷我這皮膚還行，對吧？」

「咳！四、四年？意思是說你平時雲遊四海回來後才洗澡！」郝仁差點沒被口水嗆到，繼續吆喝道：「真的假的！我以為一個星期不洗澡已經夠久了，一個月不洗大概可以在臉書炫耀，四年的話……噁！假半仙，你有資格放在博物館收門票給人參觀了。」

馬克識相的選擇婉轉回應，畢竟他還記得這趟前來有要事相求。

「黃師父不愧是厲害人物，能夠承受常人無法辦到的事。」這事實對潔癖的馬克來說，其實是完全無法苟同，但禮貌一向是他最討人喜愛之處，「不過，我想您應該有什麼特別的領悟吧？」

「馬糞你這年輕人有眼識慧根啊！」黃師父伸出大拇指朝馬克一比。

聞言，郝仁噗哧笑了出來，「哈哈，我這好郎比起你馬糞好得多囉。」

「咳！黃師父，我叫馬克。」他不厭煩的再次提醒，也當下了解郝仁所謂黃師父難討好的理由。

「俗話說的好，知人知面不知心。有人外表包裝得很好，但骨子裡卻是草包一枚，有人看起來不起眼，可相處久後你會漸漸被他的學識見解折服。」

郝仁翻了翻白眼，「啐！懶惰就直說了，少在那邊掰一堆理由。」

「常人就是習慣以外表定論，看人家穿得樸素就心想那人肯定沒錢，見人穿金戴銀開名車就覺得對方肯定有成就。我活在人世間沒啥特別興趣，就是喜歡看人大吃一驚的表情。」黃師父笑道。

「黃師父的意思是，一般人見到您肯定會覺得您像流浪漢，但慢慢了解您後便會對您的能力感到敬佩？」馬克試圖參透其中的含意。

「可以這麼說。」黃師父拿了條毛巾擦了擦臉。

聞言，郝仁不禁大吼：「靠！這行為也太變態了吧。」

「你還太年輕，無法了解那箇中滋味，當對方見到你最脆弱的一面時，表現出來的就是他最真實的樣貌……」黃師父說著說著，便將頭皮撕掉。

「蛤！你連這頂光頭也是假的？這又是哪招？」郝仁訝異的再吼了聲。

「哈哈！總而言之，我沒啥興趣，就是喜歡默默等待最真實的人性。」黃師父咧嘴露齒笑，「在別人最糟的時候不忘補上一腳，但最後得知你的身分和財富能力，那瞬間的懊悔驚訝……能夠捕捉到那瞬間真實的表情，死而無憾啊！」

馬克聽到現在似乎了解了，「所以黃師父設置那種讓人跌下來的機關，也是為了捕捉最真實的表情？」

「真是一點就通，哈哈！不過你們剛才確實取悅到我了。」

郝仁不爽的說著：「胡扯一堆你懶得洗澡的理由，我都忘了跟你計較。你這是何種待客之道？想到剛才我們狼狽的掉下來你笑成那副蠢樣就覺得有鬼。這種機關只有在電視上的整人節目中看過，那些藝人的表情實在有夠搞笑，翻白眼啊流口水的蠢樣都有，我跌倒是什麼模樣倒沒見過。」

「放心！我都完整的記錄下來了。」

黃師父拿起擱置在旁的防水遙控器一按，靠近二人的布幕出現了影像。

「啊——」

「啊——啊——」

「哈哈哈！」

黃師父狂妄的笑聲再次迴盪在整個室內。

「咳！黃師父，我覺得看夠了，應該沒必要不斷重複播放了。」馬克無法接受這樣的自己，那種手足無措甚至是翻白眼的模樣，看得他臉頰一陣熱，「方便的話，能請黃師父刪除這個影片檔案嗎？」

郝仁悶悶的抱怨道：「變態才會收集這些影像，真是無聊當有趣！」

「哈哈哈！」黃師父依然陶醉在其中。

「看這假半仙眼睛都笑歪了，我倒想知道笑點在哪裡？」郝仁不悅的咂了咂嘴，突然想起他們前來的目的，問道：「OK，你鬧也鬧夠了，玩也玩到笑歪了，有時間聽我們的請求了吧？」

「哈哈！好說、好說。」黃師父伸手抹了抹眼角因激動而淌出的眼淚，「你們這趟前來，應該是有關住在你身體裡的那位，是吧？」

「沒錯。我們決定要幫助我這位室友，他生前是個……」

郝仁仔細的將整個事件敘述一遍。

馬克在郝仁將事情的來龍去脈說完後，跟著提出請求：「但我們卻碰到了瓶頸，茫茫人海中不知從何找起，想說前來請教黃師父您會不會有什麼好方法？」

「嗯，方法不是沒有，但……」

黃師父才開口卻很快被打斷。

「但要錢對吧？」郝仁翻了翻白眼，「畢竟你和老頭是摯友，會那麼要好，肯定都是死愛錢一族！這樣好了，你就幫我們大約估算一下需要多少，若超過我們兩人加起來的存款數目，就讓我們先付個頭期款之類的，等我們往後接案，肯定很快就能還清。」

「好說、好說，你們已經給了我最好的禮物，找人這事兒包在我身上，一點小心意就當我的回饋禮吧！」

「黃師父的意思是……免費？」馬克不確定的詢問。

「我人生中缺乏的並非財富，而是笑容。你們可知道維持長壽最大的秘訣就是時常大笑？可惜我天生笑點異於常人，得靠一些方法才能笑出來。」

「也就是說，我們剛才狠狠墜落的蠢樣就是酬勞囉？」郝仁嫌惡的皺起眉心，「你這假半仙真不是普通的變態！找時間去醫院看病吧你！」

馬克腦海迅速的閃過方群說過的話——

奇人在世間少見，並擁有他人望塵莫及的特殊能力……我想提醒你們的是，這類奇人往往都有不為人知的缺憾。

當下馬克終於了解方群話中的含意。所以，黃師父的缺憾則是……很難笑？

「好了，我還有四肢的部分要清洗，你們先四處走走逛逛，等我清洗完畢後就來幫你們從八卦明鏡尋求解答。」

「也是！兩年來難得洗這麼一次，你就好好用力的刷刷洗洗，我們不打擾了。怕你難過沒跟你說，你假死把我當免費工具搭乘的那次，我一路上幾乎都在停止呼吸，風吹來鼻子聞到的都是臭酸味……」

馬克睜大眼睛阻止這段失禮的評論，「阿仁！」

「哈哈，無妨。」黃師父眉開眼笑，「我這人就喜歡這種毫不做作、真實的模樣，活在現代卻完全沒被社會化也未進化的人，實在不多見。表面上或許粗俗了點，但是夠真，討喜。」

郝仁白了對方一眼，懶得計較。

「假半仙，那你就慢慢洗，我們自個兒四處參觀去。」

馬克跟隨著郝仁的步伐準備離開寬敞的泡澡間，踏出幾步後忍不住頓住，轉身小心的提出疑問。

「那個……請問黃師父，這裡應該沒有其他讓人摔跤的機關了吧？」

◆※◆※◆※◆

「哈哈哈……遠在天邊近在眼前。這世上有沒有這麼巧的……」

郝仁手一甩將車門關上，從方才在車內一路滔滔不絕、持續到回美屍坊後門車庫，直到褲袋內的手機發出聲響才暫時停止。

「誰 line 我？」郝仁掏出手機滑了下螢幕。

劊子手：老大！拜託你一定要幫我，我不想死。

好人：死不了啦！

劊子手：可是我很怕咧！怎麼辦？

好人：吃齋唸佛不會？

劊子手：老大，你能保證我沒事？

好人：當然，你不能死。

劊子手：真的嗎？為什麼？

好人：因為隊上需要你補血。

劊子手：……

「哈哈哈……笑死我了！」郝仁把手機塞回口袋內，得意的表情全寫在臉上，「隊上需要你補血，會不會太有創意了？」

「劊子手找你嗎？」馬克一手提著方才順路去洗衣店拿回的西裝外套。

「是那怕死的傢伙沒錯，line我討命求饒啦～」

「難為他了，若換成是我，也很難一時間接受這種……怪事。」苦笑一聲，馬克感同身受的說著。

「也是，不過緣分太恐怖了！難怪黃師父滿嘴的因果論。你看看我被老頭帶進來，迪爾所同時闖入當室友兼和我們家大小姐談戀愛，再來連我的網友都能扯進來，好像錯綜複雜的隱形線把我們全綁在一起，巧合得令人頭皮發麻。」

馬克有同感的點頭，「還是套一句黃師父的名言，菩提本無樹，其因必有果。」

「嗯！」

「我們快進屋裡，大家應該都在等我們的消息。」

「回來啦？」方群抬頭招呼著，其實他老早就聽到從車庫傳來的騷動，早習慣郝仁的大嗓門。

「是，方叔。」馬克將鞋子放妥後，微笑的往客廳方向走去。

「不只回來，事情也辦得妥妥當當，還拍了一段影片讓我們王子大人看。」郝仁摸摸肚子，鼻子用力嗅了嗅，卻沒有意料中的氣味，「心情放鬆肚子就抗議，Tony 哥還沒回來？都已經快五點半，我們晚餐吃空氣喔？」

「我爸今晚公司有聚餐，他要我們點 pizza。」方馨萍自餐廳的方向走來，睡過一覺後看來神清氣爽。

「已經點餐了嗎？餓斃了。」郝仁猴急的問。

「等你啊！你意見最多，什麼胡椒幾包、番茄醬多加點，還要怎麼點才會超級划算，太麻煩了我記不住。」

「喂喂喂！說話客氣點，好歹我也是迪爾所的房東，再說妳頭髮亂成這樣不梳一下，還穿什麼小熊還小狗圖案的睡衣下來……」郝仁驀然眼睛一亮，「大小姐，妳該不會不知道我醒著的時候迪爾所並非昏睡狀態，他是醒著的喔，而且現在應該站在附近聆聽妳尖酸刻薄的口氣。」

這話成功的讓方馨萍臉上的表情大變，並將靠在口邊的玻璃杯拿下，上唇和人中處殘留著牛奶的印漬，雙頰驀然染上嫣紅。

她不動聲色的將杯子放回餐桌上，眼神朝下，不敢瞟往別處，並以最輕巧且迅速的步伐飛快往二樓衝去。

「哈哈……害羞了齁！」

郝仁指著逃竄的背影哈哈大笑，能看到方馨萍慌張成這副模樣實在難得。不過，他看好戲的大好心情卻被耳邊傳來低沉的警告聲打斷。

「OK，我沒惡意，只是逗逗你的愛人好玩罷了，你又不是不知道她的性格，每次跟她槓上我都死得超慘好嗎？」

馬克見狀便開口詢問：「是迪爾所嗎？」

「沒錯，王子殿下在抱怨我欺負他的愛人！」

郝仁沒好氣的抓了抓肚皮，並拿起餐桌上還剩下半杯的牛奶，舉杯向周圍的空氣詢問：「請問王子殿下介不介意我用你愛人喝過的杯子？我看她沒那心情喝牛奶了，丟掉也是浪費，不如我來解決？」

聽到對方咳了聲似乎不大介意，郝仁便咕嚕咕嚕的將牛奶一飲而盡。

「你們說事情辦得妥當，到底情況如何？」方群急著問。

郝仁舔了下嘴巴周圍的牛奶印後回答：「老頭你說巧不巧？我室友迪爾所的弟弟迪爾斯，在這世竟然是我網友！我們同一支隊伍，他在我們隊上負責補血的角色，也是這個遊戲的版主，化名劊子手。」

聞言，方群不禁挑眉，「劊子手？」

「哈！諷刺吧？我和馬克去你朋友假半仙那邊詢問，還以為靠他幫忙透過八卦明鏡，就可以確認迪爾斯在這世的身分，結果竟然……」

「拜託！等了那麼久，最後只得到一句天機不可洩漏，至少有個名字或出生日期還什麼的，結果居然一點線索都沒有。你想假扮仙該不會是在整我們吧？」

「阿仁，黃師父說了其因必有果，緣分可遇不可求。而且八卦明鏡也顯示，我們心所期待的事情應該很快就能圓滿解決。再者黃師父還說，若遇到冥冥中註定會相遇的人，身體會有非常強烈的感覺告訴你：就是這個人了！」

「很快是多快？這種回答太無邊無際了……」郝仁懊惱的甩了甩頭顱，忽然想起某個邀約，「啊！差點忘了。我有個約會，陪我去一趟如何？」

於是幾分鐘後，兩人來到一間網咖。

馬克雙手插在褲袋內，矗立在網咖內顯得有些侷促。

「阿仁，你所謂的約會指的就是這個網聚？」

「當然，不然你以為是什麼？和正妹唱歌喔？」郝仁啜了口飲料隨口回應，目光來回流連在玻璃窗外，「劊子手怎麼回事？這聚會他主辦的竟然還遲到。」

「你剛剛在車上時，不是說沒見過劊子手本人？說不定他已經在店內，只是你認不出來罷了。」

「放心！那小子很好認的。他 line 的大頭貼放的就是他自己的照片，除了顯眼的大光頭外，還戴了副紅色膠框眼鏡，人中那邊的鬍子……哈！說曹操，曹操到。」郝仁見目標前來便連忙大步過去相認。

「劊子手對吧？」

「你是隊長……好人？」

劊子手才推開玻璃門進入網咖店內，目光便被熱情靠近的高大身形吸引，他直覺的猜測此人的身分。

兩人紛紛伸出手友善一握。然而，就在兩隻手觸碰的瞬間，店內無預警的發出一陣巨大的爆炸聲響！

「爆炸？怎麼會突然發生這種怪事？」方群不解的蹙著眉問。

「我們想這就是黃師父所謂的，若遇到冥冥中註定會相遇的人，身體便會有非常強烈的感覺告訴你就是這個人了！」馬克雙眼發亮的訴說著今日在網咖的奇遇。

「店內沒有任何東西損毀，卻發出幾聲震耳欲聾的爆炸聲響，嚇得裡頭相約連線打怪的網友們紛紛連忙逃出門外。老闆本來也很想跑出去，但畢竟是他的店，總要鎮定的留守並察看有沒有任何損失。」

「原本爆炸聲響後有短暫停電，但不一會兒後又恢復正常，經老闆確認店內並無任何物品損壞這才鬆了口氣，但看得出來他被嚇壞了，看起來魂不守舍的倒坐在櫃檯的椅子上。連我們跟他借問包廂說有些重要事要談，他連問都不問就點頭答應。」

「所以意思是阿仁的網友那麼剛好，正是我們要找的迪爾斯？」方群迅速消化馬克敘述的話，驚訝的睜大眸子。

「哈！老頭，你不覺得這世界還真小，大海撈針的困難事竟然被我們輕易解決。」郝仁得意的雙手扠腰大笑。

「不過你們這麼鎮定，沒跟著大家一起逃出門外？」

「哈！老頭，這都要歸功於你無私的分享。我和馬克偶爾會上你介紹的神秘網站瀏覽，不久前下標了一款名叫『危險感應器』的東西。這玩意很靈的，若附近有危險即將發生，便會在一分鐘前發出聲響警告，我們試過了幾次，覺得很好用，便把它弄成項鍊掛在身上。當時我們確實被爆炸聲嚇到，但卻深信沒任何反應的感應器，便沒有跟著逃出去。」

「所以，那個叫什麼劊子手的網友也沒跑？」

「他很想逃，但老頭你知道的……」郝仁眨了下右眼大笑，「哈哈，手被我這大力士握住，他想跑也跑不了啦！」

「哈，也是。」

馬克繼續補充道：「其實，雖然黃師父當時沒有說出迪爾斯這世的身分，不過他從八卦明鏡中得知，迪爾斯後來輪迴的每世過得都並不理想，也許就是黃師父常掛在嘴邊的因果關係理論。」

方群搖了搖頭，大嘆道：「唉！你們說諷不諷刺，前世是個殺害親兄弟的凶手，輪迴到這世，自己在網路的世界裡竟然取名為劊子手……對了！我想迪爾所此刻應該急著想知道情況，你們不是說拍了一段影片？」

「知道了、知道了！其實最猴急人的是你吧老頭！」

郝仁放下手中的玻璃杯，走向電視並掏出口袋內的隨身碟，「來吧！迪爾所王子，我們把拍攝的影片帶了回來，這個人就是你弟弟迪爾斯的今世。」

接著，畫面在電視螢幕上成功播放。

「好了！先不廢話，我們趕快來瞧瞧。」

畫面中出現一名戴著紅框眼鏡的男子，油亮的光頭在鏡頭上發亮，他朝著攝影機碰的一聲跪在地。

「劊子手，你也用不著下跪吧，沒聽過男兒膝下有黃金？」

「老大，不是……我腿軟了。」劊子手的聲音沙啞並抖顫著，「迪爾所……老大，你說我對著攝影機說話他聽得到嗎？」

郝仁按下暫停畫面，轉頭解釋：「容我說明一下，劊子手口中的老大並非是指幫派，因為我是我們遊戲裡的隊長，而他負責補血工作，我們隊上都直接喊我老大，這遊戲……」

「閉嘴！那不是重點。」方群忍不住打斷郝仁的滔滔不絕，「不過奇怪的是，阿仁的網友怎麼會輕易相信這事？又是輪迴轉世，又是王子公主的，怎麼聽都像在胡說八道。」

「我們進包廂後發生的情況讓他不得不相信。」馬克繼續說道：「當阿仁才開始跟他說明不到三分鐘，奇異的紅眼忽然間開始轉動並發出光芒，阿仁將手心貼在對方的額頭上，據劊子手形容，那一世的記憶就像快轉的電影般在他腦海裡一一浮現……」

方群理解的點了點頭，「了解，那我們繼續看下去吧！」

「OK！」郝仁比了下大拇指後，按下PLAY鍵。

「放心！到時候我們會帶著這段錄影畫面回去讓王子看，也就是曾經身為你大哥迪爾所的那位。所以，想說什麼道歉或嗆聲的話趕緊開口，我不能保證惹怒他你的小命會不會不保。」

「我、我……老大，你的意思是我有可能會死，他會傷害我？」

「這很難說……」郝仁皺著眉搖頭大嘆，「剛才你不是全都想起來了，也清楚當時你哥是怎麼慘死的。幫幫忙！被你動用五馬分屍的恐怖私刑耶，聽好了——五馬分屍！這種下三濫的處決方法，你能想像當時的人身心有多痛苦，要你成了冤魂有機會接近殺害你的凶手，你想你會怎麼做……肯定是——喀擦！」

郝仁還翻白眼，並生動的用手在頸部慢動作的劃了一刀。

「我、我……我超怕死的！再說我真的什麼都不知道，你看看我是連殺小強都不敢的人，怎麼可能會害人？求求你們幫幫我！」

「阿仁，別嚇他了。」馬克移步過去想要攙扶對方一把，怎奈對方雙腿頻頻發抖，壓根沒力氣站起身。

「拜託你、你們，我該做什麼補償，還是該說些什麼？」劊子手真的是被嚇傻了。

「你對著前世的哥哥說些話吧，就我們剛才跟你說的故事，他希望所有事情在這一世能得到解決。」

馬克話才說完，只見對方用力的點了點頭。

劊子手不斷的吞口水，滿臉驚恐，先是誠懇的看著鏡頭，然後深深的往地上趴下鞠躬膜拜。

「哥——對不起、對不起，真的超級對不起，都是我的錯，請不要殺我！」

「我都聽到叩的一聲了，你的額頭還行吧？」郝仁根本沒在狀況內，還蹲下身軀左右觀望。

趴下地的劊子手忽地抬起頭來，像是慎重的做了個重要的決定。

「這樣好不好？我有一個帳號養了很久，有人跟我喊價五萬我都不肯割捨賣掉！送給你當賠罪禮好嗎？如果不夠，我還有一個武器，這武器花錢買不到的，我和這間遊戲公司有點交情，相信我！你擁有這個帳號和武器肯定可以稱霸……」

驀然的，電視螢幕畫面模糊後成了一片藍。

「咦？畫面怎麼停了？」郝仁跑去螢幕旁瞧看，也檢查了下檔案，「整段畫面GG了。」

「什麼居居？」方群彷彿聽到外星話一樣，納悶的歪了下頭。

「蛤？要我解釋GG的意思？」郝仁抬眼嫌惡的瞥了下對方納悶的表情，「這還要解釋那就實在太鳥了，老頭，我看你真的跟不上時代。」

「哼！我最討厭聽到什麼外星文，沒有考據、沒有意義。再說我看後面消失的畫面肯定沒啥看頭，這年輕人有空的話應該多讀點書，說起話來一點內容都沒有，什麼遊戲、什麼買武器養帳號，都是虛構不實的世界。」

方群的目光環視了下周圍後，向空氣提出疑問。

「迪爾所，你說呢？看到曾經殺害你的人現在成了這副模樣，我想你也就不要計較了，那人根本是個對國家社會沒貢獻的寄生蟲罷了！」

「喂喂喂！我說老頭你講話未免太毒了吧，人家喜歡玩線上遊戲有礙到你喔？還酸人家是敗類寄生蟲，留點口德 OK？再說你也不看看……」

忽地，郝仁耳邊傳來一道低沉的嗓音，打住了他的滔滔不絕。

「阿仁，謝謝你們，事到如今我已經沒有怨恨及遺憾了……」

NO.9 遠在天邊 近在眼前

「不會吧！晚餐的德式豬腳大餐妳還不過癮喔？都已經晚上十點半了還在這邊醃牛排，到底是要煎給誰……」

話到嘴邊，郝仁忍不住翻了翻白眼，心中已經有了答案。

「阿仁，記得今天別熬夜玩電動，對身體不好喔。」

「知道了啦！為了你們這對鴛鴦，我都可以去公園跟長輩們手牽手練甩手功了。」郝仁無奈的歪了歪嘴，「哪有像我這樣年紀的人不到十一點就去床上躺？半夜不能打怪，害我隊長的位置不保了。」

「唉唷~對不起啦阿仁。」

方馨萍嘟著嘴嬌嗔的討饒模樣，讓郝仁抖了下，瞬間起了雞皮疙瘩。

「不要搞錯齁，我是郝仁，不是妳心愛的迪爾所。」

「呵~沒辦法嘛，想到等一下就可以見到迪爾所，心裡滿滿的期待就像……」

「OK，我不想聽！妳的眼睛感覺已經要冒出愛心了。對了！有個問題我一直想問妳，以前你們每晚在美屍坊裡偷偷幽會的時候，難道不怕我們其中哪位下樓撞見？」

方馨萍搖了搖頭，「沒想過這問題耶，不過至少沒碰過，對吧？」

「也是，算你們幸運，不然被老頭他們誤會我跟妳在一起那還得了。還有！這個問題我很想問，但是很怕答案會讓我嘔吐。你們倆有沒有……親親？」郝仁兩手食指相併做出接吻的模樣。

只見方馨萍笑而不答。

「還不回應咧！看妳笑得那麼賊又淫蕩，肯定是有！我看我明天早上去預約一下，到老頭常去報到的牙科診所洗牙，不然我晚上肯定會做惡夢！」

「呵～」

方馨萍依然好心情的將洗淨的雙手擦乾，並轉身翻了下中島廚房工作檯上的食譜，這是她請方勤克訂製的食譜。

「馨萍姐，說真的，妳做人能不能簡單一點？」

聞言，方馨萍抬眼歪了下頭。

「喔，怎麼說？」

「不能說妳的工作特殊，連感情也要弄到光怪陸離，放眼望去幾十億的人口，妳就睜大眼睛瞧瞧找個適合的人來愛，也不要每次都選擇怪裡怪氣的傢伙。」

「阿仁，如果你曾經真心愛上一個人，你會了解很多原本以為可以控制的事情和想法在那一刻根本不管用。心動就在一瞬間，如果沒遇過，誰都難以跟你形容那種像是飄浮在半空中，甚至要飛上天的感覺。」

「最好是咧！愛情不就兩個人看對眼，天雷勾動地火，然後就妳追我、我追妳……少給我在那邊以為我不懂。算了！本來是想下來拿包零食解解饞後準備去睡，既然晚點有牛排大餐可吃，那就沒必要了。」

郝仁從冰箱拿了罐冰鎮過的礦泉水，扭開瓶蓋咕嚕咕嚕的喝完後，便將空瓶以拋物線的弧度順利丟進回收桶內，準備回房間去。

「先上樓囉。」

「阿仁晚安，祝有好夢。」

「好夢?最好能有好夢，還不都是那些怪……」郝仁邊咕噥著邊往樓梯的方向走去，似乎想到了些什麼，忽然頓住步伐，「對了!下禮拜是老頭的生日，妳有決定好要送什麼禮物了嗎?」

「爺爺什麼都不缺，但我還是要想辦法送他喜歡的東西，其實我也好苦惱……該送什麼好？」

「馨萍姐，若是……我在想……老頭多年來一直在找尋的人忽然出現，他肯定會爽翻天對吧？」

「那當然！我覺得能以這個做禮物，對爺爺來說絕對是最難忘的生日。雖然我不知道這個人對爺爺而言的重要性為何，但是他如此辛苦的找了好幾十年……其實我真的很想勸他放棄了。」

「嗯……」

◆※◆※◆※◆

「等等！又回到這裡了。」

郝仁的目光來回觀察著。耳邊傳來熟悉的嘶吼聲，還有他眼眶止不住的眼淚。

「最近的夢境都是書生和怪獸的遭遇，我還以為再也回不到這裡了……雖然這裡沒有書生，但至少有……等等！」想著、想著，他立即視線轉向被綁在巨樹上不斷掙扎哀號的野獸，忽然間恍然大悟。

「等等！那個不是書生設了結界，努力希望不要被人家發現的丁三嗎？」

郝仁回想著過去重複的夢境內容，再連結近來嶄新的夢境，整個兒起來後身體不自覺的起了雞皮疙瘩。

「所以我的夢境並沒有更換新的劇情，從頭到尾都和巨獸有牽連，怎麼會有那麼玄的事啦？」

郝仁搓了搓手臂，很想搞清楚到底這一切和他又有什麼關聯。

「冥冥中肯定有些什麼關鍵要我知道，否則這些夢境太不可思議了。如果一切和我沒啥關係，我又為何每次進入這裡，光聽著巨獸嘶吼著就感到心痛不已和淚流不止呢？」

郝仁在夢境中徘徊著，想要更靠近遠方的巨獸進一步了解觀察，雙腳卻彷彿有種隱形的拉力在阻止他靠近。

「到底發生什麼事？我又該去哪裡找到答案？難不成這一切是我某世的記憶或者根本是我的親身經歷？」胸口莫名襲來一股難以言喻的疼痛感，郝仁摀著胸口，「怎麼越想越覺得心痛……誰快來告訴我……」

◆※◆※◆※◆

「祝你生日快樂，祝你生日快樂……」

悠揚歡樂的歌聲在美屍坊的客廳傳開，空氣中洋溢著溫暖的氛圍，當方群吹完蛋糕上的蠟燭後，圍在茶几上的成員們紛紛拍手大喊祝賀。

「爺爺快點許願喔！」方馨萍興奮的催促著，她今日穿著一襲粉紅色洋裝，臉上柔和甜蜜的表情顯示她現正熱戀中。

「哼！沒那個必要，每年都許願也不見得一定實現。」方群吞了吞口水，並未激烈的拒絕。

「方叔，還是許一下嘛。」馬克率先勸說。

「對啊！許嘛許嘛。」

方勤克與方馨萍父女也有默契的同時開口，就連王子貓也加入行列助陣。

「喵～喵～」

「真是麻煩！」方群瞥了下郝仁一眼，發覺不大對勁，心想：平日這小子最愛瞎起鬨，今晚怎麼一副若有所思且心神不寧的表情，難不成幹了啥壞事？

方馨萍再次催促道：「爺爺快點許願啦！」

「知道了。」方群閉上眼眸，並誠心的雙手合十，在心裡默默許下願望。

原本躍動的氣氛暫時緩和，大夥兒紛紛安靜的等待，直到方群睜開眼睛，氣氛又開始熱絡了起來。

「爸，說出第一個願望。」方勤克拍了拍手說道。

「麻煩……第一呢就是希望我們美屍坊裡的所有人，包括王子麵那高傲的小東西，都能健康平安。」

「YEAH～」大夥兒高聲歡呼後異口同聲道：「第二個願望！」

「第二呢就是希望紅眼怪客團能更加強大，完成更多的案子，財源滾滾……至於第三個，就如你們說的不需要說出來才能實現。不過說不說都無妨，許了幾十年了，哪有一次成功過，我已經慢慢在勸自己看開點，入棺材前應該都不會實現的。」

「不！會實現。」郝仁突兀的開口，他古怪的沉默了好一會兒後，忽然選擇在這個話題當下發言。

「哼！你這小子都不知道我許啥願望了。」方群涼涼的抿嘴回應。

「老頭！」郝仁忽然起身，「其實……我身上有你要找的印記。」

「什麼！」方群先是一驚，然後很快的打住情緒，「少來了，你這小子別想趁我生日拿我尋開心，再說印記這事……」

方群還未說完的話，在郝仁脫下上衣後停止。

「你看我這枚從小就有的胎記，是不是和老頭你找了幾十年的玩意相同？」郝仁挺起左胸膛詢問。

「這……」方群先是眨了眨眼，還在適應這突如其來的狀況，「你、你……」

他向前仔細觀察郝仁皮膚上的胎記，然後眼睛倏地瞠大，連續幾聲急促的呼吸後便在大夥兒面前倒下。

「爺爺！」

「方叔！」

「爸！」

「老頭，你怎麼了？」

正當大夥兒忙著探測方群鼻息，方馨萍也迅速將雙手放置妥當準備實行 CPR 救護之際，方群卻猛然睜開眼睛，並瞬間跳起身來。

「阿仁，你這胎記從何時有的？」

郝仁立刻回答：「這枚胎記據我媽的說法是出生後就有的，她說我父親覺得這胎記看起來邪門，曾經在我十歲那年想要點掉；但神奇的是，點掉後的半年又重新長出。再來，有了雷射的新技術，挨痛挨了幾次後，待傷口結痂脫皮，新生的肌膚又再次浮出了這枚胎記……你們就知道為何我老爸總是處處對我有意見了吧？他是個超傳統的人，老覺得他兒子的出生有多邪門。」

「不過，你這小子怎麼到現在才告訴我！」方群激動的大吼，他以為自己這輩子沒機會了！

「幫幫忙啊，誰敢說！你說找到擁有這枚印記的人後要吃掉他，所以就算知道老頭你多年來在尋找的人可能是我，但只要一想到被你盯上後是不是小命就不保了，所以我寧可守住秘密。想說今天是你生日，畢竟我這種直腸子的人哪裡瞞得住秘密，憋得我胸口都覺得難受。」

「吃掉他？」方群狐疑的皺著眉思索，「我有這麼說嗎？怎麼可能！」

「其實在幸福島時，老頭你去山頭那邊找了一位樵夫，就是你被他的獒犬嚇得屁滾尿流那次。」

方群不自在的啐道：「你這臭小子哪隻眼睛看我屁滾尿流！那是我以為自己終於能夠不負祖先盼望……你不懂就別亂造謠！倒是你老早就知道卻遲遲不來跟我相認，根本是鐵石心腸。」

郝仁冷哼了聲，「鐵石心腸的是誰？作賊的喊抓賊！上次我偷聽到你和馬克在圓屋裡頭討論過……」

「聽說方叔在找的人身上有枚特殊的印記？能請問方叔希望找到這個人的目的嗎？」

「你也知道我這個人呢，花時間和金錢一向都有目的，絕不可能白白浪費。不過目前我無法解釋真正的理由，但唯一可以透露的是找到這個人後，我會……吃掉他！」

「馬克，我有這樣說嗎？」方群狐疑的提出疑問。

「嗯。」馬克點了點頭，「當時我和您在工作室裡包裝您正準備出貨的指甲，聽了方叔說的話後，只覺得應該是玩笑話。」

郝仁雙手一攤，「你看，沒話好說了吧！」

「哈哈……」方群樂得眉開眼笑，「不管如何，我終於找到聖獸了！」

郝仁納悶的歪頭，「什麼意思？」

「你的真實身分非人，而是獸。」

「非人……」說到這個郝仁就一肚子火，「又是一個拐彎罵我畜牲的傢伙，你跟你那摯友假半仙根本一個樣嘛！」

「哈！黃當時說你的手相有異，非人類之手相……當時我只是聽聽沒注意，沒想到我費盡千辛萬苦找的人就在身邊。」

「對對對，我就是畜牲一枚。」郝仁沒好氣的翻了翻白眼。

「你哪隻耳朵聽到畜牲兩個字了？」方群眼睛都笑瞇了，「我說你是珍貴的聖獸。」

「聖獸？」郝仁先是欣喜了下，卻又很快的沉住氣，「等等！讓我先確認一下，是聖賢的聖，還是剩下的剩？」

「我不是說了？靈界中高貴的聖獸。」

「哈哈，真的假的？我還以為自己有多平凡咧，原來有個這麼威的身分喔！」郝仁撫了撫下巴得意忘形的哈哈大笑，腦海卻閃過一道念頭，「老頭，記得我跟你提過，我有個做了十幾年的夢對吧。」

「是啊，怎麼了？」

「其實曾經一直要跟你們分享的，但話到了嘴邊又吞了回去，怕你們覺得我說的話夠扯爛。我呢幾乎每天都會做夢，同樣的場景裡有一頭巨大的野獸被成千上百類似樹根的東西纏繞著，好像在吸牠的血一樣，然後我就眼睜睜的看著牠痛苦的哀號……」

郝仁揚手比劃了一下，「真的不騙你們，雖然是夢卻身歷其境，那頭野獸也夠巨大的，有沒有兩、三層樓高啊！這麼巨大的生物就能想見牠的聲音有多恐怖，我是不清楚分貝多少啦！只覺得每一次聽牠哀吼，耳朵都像快聾了一樣。」

聞言，方群點了點頭，「你之所以會感到痛徹心扉，那是因為夢中的巨獸就是你的本尊。」

「所以跟我猜想的沒錯，原來夢中的書生還有怪獸真的和我有關係……」郝仁在心中困惑已久的一團迷霧彷彿找到了頭緒，「對了！老頭，你對於聖獸的事情了解多少？」

「都是聽祖先們的敘述，大概知道是何情況。」方群認真的敘述著。

「那麼……」郝仁瞇了瞇眸子，「你知道聖獸的名字嗎？」

「丁三。」方群毫不猶豫的說出答案，「我的祖父說過，聖獸還未在人世間輪迴之前，就曾經以獸的方式輪迴兩世。這兩世都由同一個主人救了牠，並為牠命名丁三，甲乙丙丁的丁，一二三的三。」

「丁三啊……」這個熟悉的名字一傳入耳際，讓郝仁心口有種鬆了口氣卻又沉重的矛盾感。

方群繼續說道：「丁三輪迴的第二世，救了牠的主人是靈界的重要使者，因為表現優秀，受到上頭的賞識重用。這導致另一名使者妒忌他，想盡辦法要加害他，一個機會意外得知他設下結界秘密養了隻巨獸，因此那位使者趁機對巨獸施行幻術，讓牠眼裡看到要接近牠的人就是要殺害牠的人，直到某日巨獸的主人靠近牠，因為喜愛牠而毫無防備，就這樣慘死在自己心愛寵物的腳下。」

「所以丁三殺死了……」郝仁驚訝的張大口，「不！也就是我曾經一腳把我的主人踩死了！」

「嗯，據說是這樣沒錯。靈界的聖獸因為犯了錯誤，被判終生輪迴轉世、嘗盡人世間的喜怒哀樂，所以每一世你都會投胎到一個軀殼中。這世竟然那麼巧，直接來到我這裡。」

「爸，所以你常說我們家族的使命指的就是這個？」方勤克多年來不解的疑惑終於得到答案。

「沒錯，我們家族每一代都有個重要使命！那就是在茫茫人海中找到聖獸，並引領聖獸通往靈界……活了八十六個年頭，以為這個使命就要斷送在我的手裡，沒想到還是被我找到了！」

「遠在天邊、近在眼前這話就是用在這種情況的，原來老頭苦苦找尋的人就是我，我就是聖獸，親手把疼愛我的書生害死的也是我。」但郝仁心中又多了個疑問：「不過找到我後，我們又要做些什麼？」

方群點了點頭，宣布道：「兩天後剛好是良辰吉日，到時候你得和我去一個地方。」

◆※◆※◆※◆

郝仁對著電腦螢幕打盹，趁著寶物合成還需兩分鐘的時間稍稍閉起眼睛，沒想到已經開始搖頭晃腦，好幾次頭往前點了點，握在手中的滑鼠差點沒飛出桌面外。

「呃……」身體往右頓了下差點失去平衡，讓他稍微睜開瞇起的雙眼，動了動滑鼠、看了下螢幕，一會兒又開始搖頭晃腦起來。

「既然累了，是不是應該休息？」

「蛤？」郝仁似乎聽到了什麼聲音，放鬆的神經讓他沒有絲毫戒備。

「很晚了，去睡吧。」

「喔……真的該睡了……」

郝仁站起身，高大的身軀搖搖晃晃的走著，微開的眼瞥到了熟悉的大床，碰的一聲倒了下去。

奇怪的是，郝仁才入睡便在虛幻的場景中甦醒。

「阿仁，我要走了……」迪爾所平靜的說道。

「所以你之前跟我提過的是真的……那你和馨萍姐已經和平道別了？」

「嗯。」

迪爾所回想起昨夜的情景，心裡像有塊沉重的錨，不斷的被拉扯向下沉。

「走過人間一回，其實在更早以前就沒有眷戀，會繼續殘存下去似乎只為了爭一口氣，總覺得應該為自己的無辜給個交代。」

「所以你邀我今晚來看夜景，目的就是想跟我道別？」

方馨萍為了這個約會打扮得漂漂亮亮。她很少裝扮自己，今晚特地將自己加強了一番，郝仁醒著時還頻頻對她吹口哨。

「馨萍，妳是個很棒的女人。對我而言，無論在我那個時代或者現在，妳都是會讓我回首驚豔的百合。只是……我很懊悔自己不能為妳做些什麼，對妳的未來也無法給予承諾。那個時代的我是站在頂端的領導者，而今又能讓誰依靠？」

「喔。」方馨萍垂下眼眸，鼻翼顫動了一下，看來絕望卻沒有讓眼淚流下。然後過了一會兒她抬眼面對，微微的揚起嘴角，堅忍的模樣令人不捨。

「我懂了……我們回去吧，這裡風大。」方馨萍雙手環胸，早一步回頭往美屍坊的方向走去，夜晚的冷風吹拂著刺骨的寒意，披著小外套的她不時顫抖著身體。

迪爾所默默跟在後方，想向前環抱住她的身體卻徒勞無功，他嘆了口氣停下腳步，心裡感到萬分無奈。

「阿仁你看，我是這種連溫暖都無法給予的人，值得依靠嗎？」迪爾所嘆了口氣。

「那馨萍姐怎麼說？」

「馨萍聽了我的話只是默默的點頭，然後就沒下文了。」

「默默點頭？這不像馨萍姐的作風，她這人一向想要什麼就會拚死拚活的得到，她從小可是含著鑽石湯匙長大的嬌嬌女，她說一你跟她說二，那就要隨時心驚膽跳會不會莫名消失人間、連線索也沒有！她那天才的腦袋是很可怕的，發明一堆讓人發毛的玩意。其他女生皮包裡放的都是口紅、化妝品什麼的，她啊裝的都是凝血劑或者讓人家安樂死的鬼東東……等等！即便這樣，你還是對她心動喔？」

「我沒遇過像馨萍這樣的女人。」

「別說你那遠古時代了，我們這裡也不常見咧。不過說真的，一開始知道身體裡住個室友，心裡他媽的不爽到極點！但現在一想到你要離開又覺得怪怪的。其實讓你繼續待著也無所謂，如果說我不介意的話，你還是要選擇離開嗎？」郝仁覺得惋惜。

「我總不能老是霸占你的身體，做一個只有黑夜沒有白晝的人。」

「我是不會介意啦，只要你不強迫我喝咖啡都還OK，唯一怕的是將來你用我的身體和馨萍姐……」突然頓一下，郝仁驚覺自己想到什麼不該想的事，「靠！我光想像都要吐出來了，雖然她不是我親生姐姐，我還是覺得亂倫啊！」

「沒有人願意當個不完整的人，阿仁你心地善良才願意和人分享身體。馨萍是個好女孩，值得更好的人去疼她、照顧她，即使我心有不捨，但也清楚自己的能耐，若我無法給對方幸福……也只能選擇放手。」

郝仁撓撓頭，「蛤？這樣喔……我只是很害怕看到你離開後馨萍姐的樣子，不知道她能不能承受？」

「我相信，她可以的……」迪爾所低沉的嗓音有著濃濃的不捨。他沒說出口的是——我以為自己早已看透人間，其實心中仍有眷戀……

◆※◆※◆※◆

「我覺得老天真是不公平，難怪很多人會忌妒屬於天生勝利組的傢伙。我說迪爾所簡直就是人生勝利組的最佳代表。」郝仁拿著黃師父帶來的照片仔細研究端詳著。

「喔，怎麼說？」黃師父舉手示意，感謝友人方群為他斟了杯酒。

他下午帶著一罈美酒拜訪，說此酒為今年最後一罈。原本雲遊四海的時間才過了一半就被摯友請回來，該是時候離開了；而離開前仍不忘前來與好友道別，並告知了有關迪爾所或許能夠投胎之事。

「迪爾所生前的身分是啥？拜託！王子咧！如果沒被他弟弟迪爾斯害死，就會順利當上國王。國王，這職業多威啊！再來你看老天對他多公平，沒讓後世人見到他被五馬分屍死亡的慘樣，我當時看到他生前的模樣是戴著皇冠、穿著很高檔的服飾。」

郝仁指著照片，「我不是跟你們形容過我那八位鬼老婆各個死於非命，所以看到的她們不是臉焦黑就是斷了隻手臂、缺了條腿的恐怖模樣嗎？現在好啦，有個和他八字吻合、準備跳樓輕生的傢伙，好死不死又是個大帥哥。你們說說這不是人生勝利組是什麼？老天根本是偏心的站在他們那邊啦！」

黃師父啜了口楊梅酒後才開口：「空即是有，空無空無啊！有人雖活著卻像個死人，有人即便死，但因德行操守而永生……」

「假半仙，你說的每個字都我會唸會寫，但怎麼都聽不懂意思？能不能說得簡單明白一點？」郝仁抓了抓頭，他最害怕聽此類難以參透的佛語。

黃師父道：「此軀殼的主人選擇毀掉今世，以為可以藉此訣別所有怨恨和煩憂，怎奈當他醒來，即將面對的依然是一連串的苦行。今生的劫得今生了結，若無法化解，來生依然會有相同的劫數……這人的生辰八字和迪爾所吻合，不久後他即將跳下山谷，王子你要抓住這個時機利用心念前去靈肉合一，那麼從此你在這世便有了肉身。」

「迪爾所，你也太幸運了吧！」郝仁朝周圍空氣大喊：「跟你八字吻合的人竟然是個人間極品上等肉身……我說老天到底公不公平！」

郝仁不滿的頻頻搖頭，並繼續抱怨：「馨萍姐也是，上天在造人時是不是太過偏心？生得美、頭腦又優於常人，含著鑽石湯匙長大。現在好了，連愛人都是頂級漢草，靈魂還是個高貴的王子，簡直是童話故事的終極版。」

馬克忍不住提出疑問：「不過黃師父，請問此人往下跳的瞬間，王子與他靈肉合一，但這當中擁有肉體後不是就直直往山谷或馬路墜落？」

聞言，郝仁也大感不對勁，「對齁～這什麼東東，好不容易擁有肉身，結果一醒來就咻——碰！粉身碎骨……太慘了吧！」

「哈哈！這就是靈肉合一最美的境界，沒有親身經歷是無法參透的。」黃師父搖晃著頭顱說道。

「當然齁，誰會想經歷這種鳥事？」郝仁激動的說，「又不是每次都能幸運碰上頂級漢草。如果能夠選擇，那我也想去碰碰運氣，搞不好找個像馬克的，醒來後隨便去路上看能不能碰到星探，直接去拍廣告、電影，代言一些跑車、豪宅什麼的，輕輕鬆鬆荷包滿到偷笑……不過迪爾所，你願意冒這個險嗎？」

郝仁抬了下眼仔細聆聽，然後點點頭。

「也是，你肯定會試試看。」

他朝在場的其他人展示了自己浮腫的雙眼，「看看這對苦命鴛鴦，一位受不了愛人決定離去，傷心得不知跑到哪兒去療傷，然後待在這裡的只能痛哭一整夜，折磨我這雙無辜的眼啊……」

黃師父繼續搖頭晃腦的說道：「雖然我沒有親眼見識過靈肉合一的情況，不過有這麼一說……」

「別在那邊賣關子了，有屁快放！」郝仁知道黃師父口味重，喜歡聽人直爽說話，因此他還特別加強語氣。

只見黃師父不怒反笑，緩緩的道出他曾經聽過的傳言——

「據說當靈肉合一的那刻，成功占領新身體的主人會瞬間移動，讓自己轉移到當下最希望去的地方。」

夢境中的聖獸

尾聲

「喂！老頭，說什麼要帶我進入不可預知的世界……」

郝仁環視周圍熟悉的場景，忍不住發出一連串的抱怨。

「我這堂堂聖獸要被帶回家瞧瞧，結果到頭來竟然又睡著了，你說會不會太孬啦？」

原本郝仁和方群一起到圓屋地下室內，選擇在方群所謂的良辰吉時，讓郝仁身上的胎記對上木盒凹陷的印記。當下兩枚相同的記號忽地發出藍光，並如磁鐵相吸般相互緊密貼合，隨即原本絲毫無縫隙的木盒就這樣緩緩開啟。

於是，兩人瞬間被一道詭異的藍光包圍著，瞬間交錯時空移轉，圓屋地下室內驀地失去兩個原本存在的個體，光潔的地板上徒留開啟後卻空無一物的木盒。

「什麼睡著？你眼睛不正打開，嘴巴也嘰哩呱啦個不停嗎？」方群沒好氣的說著。

初次來到陌生之處，環視周圍彷彿時間停擺、空氣不大流動的空間，他體會著歷代祖先曾經踏過這片土地的感動，眼眶不禁泛紅。

「我哪一次進入夢鄉不都在這邊自言自語……嚇！」郝仁回頭瞥見熟悉的身影，嚇得猛然往後一跳，「老頭，你怎麼在這裡？」

聞言，方群感動的情緒迅速的回復正常。

「你這小子有病啊！我們剛才不是把你的胎記和寶盒相對？為的就是要進入靈界的靈山。我剛才在圓屋裡解釋的不夠清楚嗎？」

「你費了那麼多口水講得夠清楚是沒錯，讓我想想……之後出現一道藍光，我們好像被一股莫名的吸力吸走……老頭我跟你說，這個地方和我夢境中的場景一模一樣。」郝仁左顧右盼，覺得眼前的場景再熟悉不過。

「夢境？」

「我不是說過同樣的夢境伴隨了我十幾年，幾乎每天睡著後都會過來這邊一趟嗎？不過這回難得夢裡有你，真是稀奇……啊！老頭，你幹嘛？」郝仁大吼了聲，並伸手撫了撫被捏得發疼的手臂。

方群聳了聳肩，「幫你確認現在到底是夢還是現實。」

「你這力道是想把我的肉捏一塊下來配酒喝是吧？」郝仁不悅的齜牙咧嘴，但痛覺卻讓他感到驚訝，「所以這真的不是夢！」

「嗯哼，而且我完成了我們方家被賦予的重要使命，現在就算死也瞑目了。」方群默默抹了下臉頰的淚水。

「放心啦！像你們這種奸巧之人通常都會長壽，如果……」

「吼嗚——」

忽然傳來的巨大吼聲中斷了郝仁的話。

「等等！也就是說，那隻被綑綁住不斷哀號的野獸真的是我本尊囉？哇哈哈哈！我是聖獸！」

正當郝仁得意洋洋的同時，一個念頭忽地閃過腦海。

「等等老頭，你說你們家族的使命是引領聖獸回到靈界山，然後咧？接下來準備發生什麼事？」

方群撫了撫下巴少許的灰白鬍鬚，「據說聖獸以前曾經犯下靈界中嚴重的錯誤，因此被判打入人間，不斷輪迴轉世。也就是說你永遠無法體會到完整的生離死別，因為在這之前你將會被我們家族的人送回靈界，當你看到原本的自己就是聖獸之後，所有過往的回憶便會全數湧現，你的靈魂會即刻抽離這世的肉身重回獸體，並感受到前所未有的痛苦而死亡，接著重新再投胎到下一世。」

郝仁倏地睜大眸子，「不早說！那不就代表這趟是我的死亡之旅？」

說也奇怪，身體突然襲來一股熱能，郝仁甚至能感覺到血液在體內奔騰流竄。他下意識的想要偏頭觀看，當與聖獸對到眼後，他頸部立即動不了。

「對！這麼說也是……」

這句話同時也讓方群心驚。他只是一味的想要完成使命，從他過生日那天得知郝仁是他這輩子苦尋之人後，心情便一直處在亢奮狀態，壓根沒考慮到完成使命後的結果。

「老頭！我還不想死，雖然美屍坊裡少我一個可能沒差……」郝仁趁他的右手尚能動作之際，緊急扯掉了左眼眼罩，「完蛋！動不了了。」

這隻紅眼睛是他的幸運眼，幫助他成了靈界的新星，也成為了許多人眼中的英雄；雖然在這刻郝仁並不清楚紅眼還能再為他創造什麼奇蹟，但他也只能放手一搏。

「怎怎怎怎、怎麼辦？」方群見狀也慌了，他不知道自己能做些什麼，只是在一旁著急得跳腳。

郝仁會死……這念頭讓他心口襲來一陣凜冽的痛楚。

「如果是我的死期來臨，那老頭你咧？回得去嗎？」

方群難得傻愣的搖頭，「不知道。」

「我們總得要有人回去，否則沒跟大家交代我們去哪裡就憑空消失，他們哪能接受……」郝仁覺得自己全身上下開始麻木起來，漸漸的連唯一能動的嘴巴也要失守了，他急得不知所措，「完、完蛋了……」

在他幾乎要垂下眼簾認命之際，忽地，紅眼球轉動了起來，光芒四射，隨即噴發出八道影像。

「老公～」

「老公！」

「蛤──妳、妳們！」郝仁驚訝的瞪大眼睛。早已不知所蹤的鬼老婆們，居然在這一刻全出現在他面前！

「老、老婆！好久不見！」

「老公，現在沒時間敘舊，再不離開你就沒機會了！」大春急著開口，並用眼神示意著大夥兒開始動作。

「喝──喝──」

「加油！再加把勁！」

這時，鬼老婆們使盡全力堆著郝仁轉身，奇怪的是，雙眸一錯開與聖獸的對視後，郝仁發現自己又能動了。

「老公，快跑！」八冬催促道。

「喔！老頭我們快跑！」當下郝仁立即伸手拉著還傻愣在一旁的方群的衣領，倏地往前衝去。

「呼……嚇……老頭！幫幫忙你也出點力OK！」

「喔。」方群回神後也加入逃命計畫，並奮不顧身的邁開雙腿加快步伐。

在兩人奮力向前逃命之際，身後聖獸傳來的哀號比每一次郝仁在夢中聽到的更為猛烈，每一道聲響彷彿要穿破他的耳膜、穿刺他的心。

「知道了、知道了……你在呼喚我，我有聽到，但這一世還挺有趣的。呼……哈……我還不想那麼早重新投胎，你就成全我，讓我再回去逍遙個十幾年OK？」

郝仁邊說邊跑的同時，雙腳彷彿拖著沉重的錨，即便他使出全力衝刺，卻仍感覺是在原地踏步般。

忽地，嘶吼聲響淒厲的爆發後忽然停止，這改變促使郝仁下意識的想要回頭觀望。

「老公千萬別回頭！」六秋激動的大喊。

「沒錯老公，如果你不想結束這世的生命那就不要回頭，這次如果回頭對上聖獸的眼睛，我們就再也幫不了你了！」大春也提醒道。

「知道了啦！」郝仁放下心中雜念，集中心力奮力往前衝刺，卻也忍不住提出心中的疑慮：「對了，妳們怎麼會出現在這裡？呼呼……我以為妳們從此消失了，怎麼……呼喝……這次要跟我回去嗎？」

夏七飄晃著並感性的說：「老公，託你的福幫我們超渡，原本應該是要魂飛魄散的，但你為我們唱的安魂曲，幫我們引渡到了未知的世界。」

秋三把握機會發言：「接著眼前出現使者帶領我們到靈界，在這裡修行服務，據說將來很可能有機會再投胎回人間。」

「想回到人間，呼……代表這裡不好玩對吧？」郝仁跑到雙腿都發麻了。

「生離死別固然痛苦，但在人間能夠享受到這裡享受不到的喜怒哀樂。我們都想再次回到人間，期待能再次當個女人得到幸福。」五春臉部洋溢著期盼的笑靨。

「沒錯！妳們幾個可要勤奮點修行啊，將來……呼、哈……投胎到好人家去，找個愛妳們，並且能夠照顧妳們一輩子的男人……千萬不要再來找我了！」

「厚！老公你怎麼這樣！」

八位鬼妻同時嬌喊。

「哈！我是認真的，妳們若全來找我，哈……」郝仁喘吁吁的繼續說著：「那不是代表著重新投胎的那一世肯定又命運乖舛？我……不想再看到妳們，呼……所以請妳們努力點過得幸福。喝……哈……到底怎麼回事？我好像不管怎麼跑……都在原地不動！」

「因為牽絆吧！都是我們牽絆住了你。」大春深深嘆了口氣，「老公，我們該離開了，離開後你就不要多想，集中心思全力往前方跑去，無論你聽到什麼都千萬不能回頭，知道嗎？」

「好……不過這次又要說再見了。」郝仁無奈的笑了笑，但這次的離別已經沒有痛苦，反而心裡得到前所未有的釋懷和溫暖。

「老公謝謝你，還有……真的……再見了……」

八個女人異口同聲的訴說著離別的不捨。

「好，我真的該回去了，大家各自保重囉。」郝仁微笑的說完，閉上眼集中心力，再次睜開後便更奮力的往前方跑去。

這回郝仁終於有移動的感覺，身體彷彿不再被束縛住，他往前超越了方群，還不忘開口戲謔。

「加油！老頭！回不去的話，你地下室收藏的珍貴懷錶我就全數獨吞，拿去當鋪換現金了。」

這句話是個成功的引爆點，促使方群瞬間加快速度，兩人不相上下的並排奔跑著，彷彿後頭的驚濤駭浪就要席捲而來……

「呼……衝啊！」

「誰要現在跑去投胎啊！我這世也不過才活了十八年。至少再讓我玩個十年、二十年，好歹賺夠錢、把個妹什麼的。」

「你這小子，呼……就直說捨不得離開我嘛，哈！」方群瞥眼大笑。

「那當然，你這款怪老頭又不是隨便就能遇到。呼……對了老頭，你應該知道我們要怎麼離開這裡對吧？」

「就像我們……頭一次見面……我、我……教過你的……呼……」方群跑到上氣不接下氣。

「第一次教我的……哈！看樹對吧？」郝仁眼睛一亮。

前方十公尺處恰好就有一棵巨大的神木，讓奔跑中的兩人燃起鬥志。

「就這棵了，拜託請讓我們回到原來的地方吧！」

郝仁許願完便不顧一切的往前衝去，在幾乎要撞上前方厚實的樹幹前，忽地樹幹裂開了一道細縫。

說也奇怪，當郝仁的身體接觸到細縫時，恰好就這樣撞出了能容納一人大小的裂縫，隨即他和方群相繼沒入樹幹內，裂縫瞬間闔上，一切恢復平靜，就像這裡從未發生過任何事一樣。

◆※◆※◆※◆

「老頭！然後咧，現在該怎麼辦？」

緊閉著雙眼的郝仁依然奮力的向前奔跑著，彷彿在後面追逐他的是什麼毒蛇猛獸般。

「老頭你……呼……你倒是說話啊！有跟上嗎？」

聽不見回應，郝仁深怕兩人失聯，因此暫時停下步伐，雙手扶在膝上激烈的喘息，並回頭遙望。

「咦！老頭怎麼不見了？」

他憂心的四處張望，胸口上下起伏喘個不停，但一方面又覺得眼前的景象太過熟悉。

「這裡不是……」

他才正要回神，後頭傳來一陣悠閒的口哨聲，離他二十公尺遠的轉彎處出現了一道嬌小的身影。

方群以芒草梗當牙籤咬在嘴角，微風吹拂著他稀疏的白髮，他瞇著眼、不時吹著小曲兒，一臉平靜且閒適的模樣。

「老頭，你那麼悠閒不怕走丟喔？」郝仁緊張的指責道。

「哼！張大你的眼睛瞧瞧，我們美屍坊不就在前方不遠處嗎？看那閃亮的招牌正閃閃發光不是嗎？」方群抽出嘴裡的芒草梗隨意往草堆裡一扔，「怎麼？你這小子近鄉情怯，看到家在前方所以抖個不停。」

「所以……我們回、回來了？」郝仁眨了眨眼環視周圍，一時間還驚魂未定。

「嗯哼！剛好到了晚餐時間，你用你那敏銳的狗鼻子聞聞看這是什麼香味？」方群努動著鼻翼一臉滿足，「我那廚神兒子不知又幫我們準備什麼美味佳餚，跑了一大段路，肚子在跟我抗議了。」

「我、我……」得知平安回到人間，雙腳踏著熟悉的土地，郝仁才終於漸漸的回神。

「不用擔心了，臭小子，我們已經回到家了。」方群舉手拍了拍他顫抖的肩，難得做出貼心的舉動。

「方叔～」

郝仁感性的喚了一聲，卻絲毫沒有讓方群覺得感動，反而全身起了雞皮疙瘩。

「你、你幹嘛？發瘋啦？」

「方叔」這稱呼聽別人叫來稀鬆平常，但是從郝仁的嘴巴喊出來，不知怎的方群就覺得怪。

「方叔！」郝仁向前深深的環抱住方群，因為身高差距懸殊，他乾脆一把將矮小的軀體抱起。

「喂！放我下來，難看死了！人家還以為我有戀童癖，你這傢伙到底在做什麼？」

「老頭，你聽好了，我郝仁這輩子肯定就說這麼一次，不會再說了。」

郝仁的擁抱具有深深的感謝之意，「方叔，你是我的貴人，我真心的感謝你，還有會愛你一生一世。」

「我要吐了。」方群身體不斷扭動掙脫才終於回到地面。

「哈哈！」郝仁仰頭大笑。

他之所以這麼感動，就因為方群剛剛說了一個關鍵並且觸動他心弦的話語——

我們回家了。

郝仁心想：家！誰說一定要有血緣關係的人才能住在一塊？雖然打打鬧鬧，即便相處的時間不一定只有歡笑，但只要互相扶持、真心對待，這裡就是他們共同的家。

「老頭！趁我們這世還有機會賺，多接點《靈報》的案子，盡量操我不要緊，我們就聯合搶回大把財富。」

「啐！我呢今年八十有六了，能再活個幾年就要偷笑，往後的榮耀就留給你們年輕人，自己好好努力吧。」

「放心啦老頭！你再怎麼說肯定還有五十年可以活。」

「八十六再加上五十年？」方群嗤之以鼻，「若能活那麼久，套你常說的話，我肯定可以去博物館坐著收錢了。」

「拜託，老頭你忘了我是誰？聖獸耶！你不是曾經聽你們老祖先提過，說什麼把我火化後生成的舍利子拿來服用，至少還可以多活五十年。」

聞言，方群頓住步伐，「可是你……」

「我呢才不怕死！因為隨時有機會重新投胎，你呢靠著我的舍利子再活個五十多年。像你這款那麼會搜尋下落的狠角色，我相信你一定會找到我，我們又可以再次快活靈界。你放心！在你快要掛點前我會把自己交出來，包准讓你回春長命百歲啦！」

「你……這……」

郝仁的一番話讓方群動容的紅了眼眶。

「好了好了，老人家哭哭啼啼多難看。我知道你有千言萬語想感謝，但我們的肚子已經咕嚕咕嚕在抗議，有什麼話我們餐桌上說。」

方群不悅的皺起眉頭，「我、我哪裡哭了！」

「既然心裡覺得感謝，那麼晚餐的肉多分我一點，都快餓暈了。」

「少給我得意忘形，你這臭小子別想動我的食物！」

兩人邊吵吵鬧鬧、邊朝著正為他們敞開的家門走去。

夕陽的餘暉將美屍坊照得溫暖金黃。

「對了，老頭，有一點我很好奇。當我是丁三那頭醜陋的怪獸時，秘密飼養我且被我害死的主人，現在究竟到哪兒去了？」

「我也沒聽我爺爺提起過，如果你想知道的話，未來我們紅眼怪客團全員出動，應該沒有什麼辦不到的難題吧……」

《紅眼怪客團之王子病》完

《紅眼怪客團》全套四集完結：
《01紅眼怪客團之美屍坊》
《02紅眼怪客團之鬼旅行》
《03紅眼怪客團之模特惡》
《04紅眼怪客團之王子病》
全國各大書店、網路書店、租書店，強力熱賣中！

後記

嗨嗨~會看到這篇後記，或許也代表著你已經看完《紅眼怪客團》這個系列故事了對吧?不知道你有特別喜歡「美屍坊」裡的哪位成員嗎?或者有沒有很想組團去「美屍坊」走一趟呢?

哈哈，說真的，我還真想當旅行去那邊住個幾天呢!

雖然身為作者不該偏心才是，但我還是特別喜愛郝仁這個角色，雖然阿仁給人家的感覺是那種少根筋、二愣子、不善工於心計的單純性格，卻漸漸的能在一個團體中被大家所喜愛、肯定和需要。

就像阿仁老覺得自個兒平凡，內心的角落裡卻深深期望著某日能成為眾人心目中的英雄，我想大家在成長的過程多多少少都有類似的夢吧!小時候誇口要當總統、要飛月球、要成為舉世聞名的科學家……種種的夢想隨著國小升國中、國中升高中，逐漸的曾經為夢想畫的餅不再巨大，但至今我還是傻傻堅信著夢想有無限的可能，只要肯付出，絕對看得到希望……

呃!好像扯太遠了，拉回來拉回來!

對了!忘了先向大家自我介紹。我是天馬，從小老被家人和同學朋友們取笑我有滿腦子天馬行空的幻想，以前時常會說各種類型的故事給同學聽，現在有機會能寫故事給大家看，感覺真得好滿足、好幸福喔！

若有機會，我還會再帶著新的故事與大家見面，希望你會喜歡《紅眼怪客團》這個系列故事，也謝謝你看完這個故事喔～～

紅眼怪客團所有成員集合，在這邊跟大家深深一鞠躬。

天馬

這輩子只想吃你
廢物少女獵食記
END
囧系少女與傲嬌少
★戀愛三部曲
掊觸→綁架→梁依依小盆友慘遭流放？！
如果厄運和困難這種東西一定要找上她，
那，她就把它們全都吃掉！（握拳）
梁依依：阿門阿彌陀佛真主在上嘰哩咕嚕顏鈞保佑！！（T〰T）
顏鈞：蠢貨，誰准妳被綁票的！
全套三集，全國各大書店、
租書店、網路書店，持續熱賣
典藏閣
華文聯合出版平台
www.book4u.com.tw
采舍國際
www.silkbook.com
不思議工作室
立即搜尋
版權所有© Copyright

裝蒜
三姐妹
Novel 冰雲
Illust RURU
爆笑的古裝輕言情清新登場!!
己的夫君自己找!
三姐妹各出奇招——
姐裝可憐
二姐裝可人
小妹裝可愛
且看天之驕女如何~~捕獲老公~~覓得良人、~~作亂江湖~~结好姻缘！
典藏閣
飛小說
華文聯合出版平台
www.book4u.com.tw
采舍國際
www.silkbook.com
不思議工作室_
立即搜尋
版權所有© Copyright 2014

現代魔法師
典藏
魔法美少女戰鬥物語!!
封印的神劍
祖靈的怒吼
★全套八冊，全國各大書店、網路書店、租書店，持續熱賣中！
美少女魔法師從天而降，其實是：
(a) 中樂透頭彩　(b) 天將降大任於斯人也
(c) 膝蓋中了一箭　(d) 媽我出運啦！　(e) 以上皆是
吐槽系作者 佐維＋知名插畫家 Riv
正港A臺灣民間魔法師故事
《現代魔法師》驚爆登
華文聯合出版平台
www.book4u.com.tw
采舍國際
www.silkbook.com
不思議工作室_
立即搜尋
版權所有© Copyright

飛小說系列113

紅眼怪客團04（完）

紅眼怪客團之王子病

出版者■典藏閣
作　者■天馬　　繪　者■CHI77
總編輯■歐綾纖　　企劃主編■PanPan
製作團隊■不思議工作室
郵撥帳號■50017206 采舍國際有限公司（郵撥購買，請另付一成郵資）
台灣出版中心■新北市中和區中山路2段366巷10號10樓
電　話■(02) 2248-7896　　傳　真■(02) 2248-7758
物流中心■新北市中和區中山路2段366巷10號3樓
電　話■(02) 8245-8786　　傳　真■(02) 8245-8718
ISBN■978-986-271-540-6
出版日期■2014年11月

全球華文國際市場總代理／采舍國際
地　址■新北市中和區中山路2段366巷10號3樓
電　話■(02) 8245-8786　　傳　真■(02) 8245-8718

新絲路網路書店
地　址■新北市中和區中山路2段366巷10號10樓
網　址■www. silkbook. com
電　話■(02) 8245-9896
傳　真■(02) 8245-8819

☞**您在什麼地方購買本書？**☜

1. 便利商店(＿＿＿＿＿市／縣)：☐7-11　☐全家　☐萊爾富　☐其他＿＿＿＿＿＿＿

2. 網路書店：☐新絲路　☐博客來　☐金石堂　☐其他＿＿＿＿＿＿

3. 書店(＿＿＿＿＿市／縣)：☐金石堂　☐誠品　☐安利美特animate　☐其他＿＿＿＿

姓名：＿＿＿＿＿地址：＿＿＿＿＿＿＿＿＿＿＿＿＿＿＿＿＿＿＿＿＿＿＿＿＿

聯絡電話：＿＿＿＿＿＿＿＿　電子郵箱：＿＿＿＿＿＿＿＿＿＿＿＿＿＿＿＿＿＿

您的性別：☐男　☐女　　您的生日：西元＿＿＿＿＿年＿＿＿＿＿月＿＿＿＿＿日

（請務必填妥基本資料，以利贈品寄送）

您的職業：☐上班族　☐學生　☐服務業　☐軍警公教　☐資訊業　☐娛樂相關產業

☐自由業　☐其他＿＿＿＿＿＿

您的學歷：☐高中（含高中以下）　☐專科、大學　☐研究所以上

☞**購買前**☜

您從何處得知本書：☐逛書店　☐網路廣告（網站：＿＿＿＿＿＿＿）　☐親友介紹

（可複選）　☐出版書訊　☐銷售人員推薦　☐其他＿＿＿＿＿＿＿＿＿＿

本書吸引您的原因：☐書名很好　☐封面精美　☐書腰文字　☐封底文字　☐欣賞作家

（可複選）　☐喜歡畫家　☐價格合理　☐題材有趣　☐廣告印象深刻

☐其他＿＿＿＿＿＿＿＿＿＿

☞**購買後**☜

您滿意的部份：☐書名　☐封面　☐故事內容　☐版面編排　☐價格　☐贈品

（可複選）　☐其他

不滿意的部份：☐書名　☐封面　☐故事內容　☐版面編排　☐價格　☐贈品

（可複選）　☐其他

您對本書以及典藏閣的建議＿＿＿＿＿＿＿＿＿＿＿＿＿＿＿＿＿＿＿＿＿＿＿＿＿

＿＿＿＿＿＿＿＿＿＿＿＿＿＿＿＿＿＿＿＿＿＿＿＿＿＿＿＿＿＿＿＿＿＿＿＿＿

＿＿＿＿＿＿＿＿＿＿＿＿＿＿＿＿＿＿＿＿＿＿＿＿＿＿＿＿＿＿＿＿＿＿＿＿＿

✌未來您是否願意收到相關書訊？☐是　☐否

✎**感謝您寶貴的意見**✎

印刷品

請貼
3.5元
郵票

235 新北市中和區中山路二段366巷10號10樓

華文網出版集團　收

（典藏閣－不思議工作室）